PETIT LEXIQUE DES IDÉES FAUSSES SUR LES RELIGIONS

ODON VALLET

Petit lexique des idées fausses sur les religions

ALBIN MICHEL

Avant-propos

Les idées fausses sont à la collectivité ce que sont les idées fixes à l'individu : un attachement de l'esprit dont on ne peut se priver sans danger, sans remettre en cause un équilibre mental ou une harmonie sociale. Parce que la religion relève à la fois de la pensée obsédante et du culte séculaire, de l'angoisse de la mort et des racines d'un peuple, elle défie la logique et engendre des erreurs.

Prenons le thème, si tragiquement présent, de la violence religieuse. Le dictionnaire des lieux communs assimile l'islam à la guerre sainte et le bouddhisme à la non-violence. On aura beau lui opposer le pacifisme de nombreux mystiques musulmans et le passé belliqueux des moines-guerriers tibétains (les fameux *bop-bop*), il paraît évident que les disciples de Mahomet sont agressifs et ceux du Dalaï-Lama pacifistes : le prix Nobel de la paix semble effacer toute trace des innombrables conflits entre monastères qui dégénéraient en batailles rangées ou assassinats.

Mais le schématisme des lieux communs n'a d'égal que le simplisme des paradoxes. Il serait illusoire de présenter l'islam comme une religion de nature pacifique. On pourra gloser indéfiniment sur le double sens de *djihad* (guerre sainte ou effort intérieur), sans pouvoir effacer les conquêtes des cavaliers arabes dans tout le bassin méditerranéen ni les terribles persécutions des hindous par les régimes musulmans (elles firent beaucoup plus de morts que, à la même époque, les guerres de religion européennes).

Même les doux soufis eurent leurs partisans des méthodes musclées : la confrérie soufie des Kizil Bash ou Bonnets rouges (rien à voir avec les bonnets rouges de certains moines tibétains) porta par la force sur le trône persan la dynastie des Séfévides (1501). Cette confrérie faisait pourtant partie du chiisme duodécimain (celui des actuels ayatollahs iraniens) qui enseigne l'impossibilité de la guerre sainte avant le retour de l'imam caché à la fin des temps. Quant au schisme septimain (pour lequel le septième imam et non le douzième déclara la fin des temps), il a engendré aussi bien la secte terroriste des Assassins que le richissime et généreux Aga Khan.

Aucune religion ou confession n'est, par nature, violente ou non violente. Le zen, voué à la méditation immobile, a engendré des soldats de l'impérialisme nippon. Le bouddhisme sri-lankais a ses moines fanatiques et, en 1959, l'un d'entre eux assassina le Premier ministre, Solomon Bandaranaike jugé trop favorable aux Tamouls hindouistes. D'ailleurs, le concept de non-violence, cher aux spiritualités issues de l'Inde, connaît des interprétations très diverses. Le jaïnisme refuse, en principe, toute atteinte aux êtres vivants, mais si certains jaïns mettent un masque devant leur bouche pour ne pas avaler de moucherons, d'autres portent les armes dans les troupes indiennes.

Les religions prêchent la perfection à des hommes imparfaits. Enseignant une vérité unique, elles dénoncent des idées fausses qui peuvent être à moitié vraies. Il faut donc garder le sens des nuances dans un monde complexe en reprenant l'interrogation de Pilate au procès de Jésus : « Qu'est-ce que la vérité ? » (Jean 18, 38).

Ainsi, on oppose souvent un monothéisme fanatique à un polythéisme tolérant. Les juifs ont eu leurs zélotes, les chrétiens leurs croisés et les musulmans leurs combattants du djihad. Au contraire, le polythéisme antique assimilait dieux et déesses de l'adversaire au lieu de les diaboliser : Ishtar la Babylonienne devenait Astarté en Phénicie, Aphrodite en Grèce et Vénus à Rome. Les fils d'Abraham seraient donc plus violents parce qu'ils se querellent pour le même Dieu, comme des frères ennemis (on pense à Caïn et Abel) se disputent le même Père.

Mais le polythéisme romain a martyrisé les chrétiens en dégénérant dans le culte d'Auguste. L'hindouisme aux trente-trois mille dieux a ses intégristes qui persécutent chrétiens et musulmans. Le shintoïsme aux huit cent millions de divinités (*kami*) a engendré les *kamikazes* (vent divin) qui se jetaient contre les porte-avions américains comme aujourd'hui les terroristes islamistes contre les tours de New York ou l'immeuble du Pentagone.

Faut-il donc en conclure que toutes les religions se valent et qu'on n'a d'autre choix que de sacraliser la violence ou de laïciser l'univers ? Peut-être doit-on, plus modestement, constater les ressemblances et les différences entre diverses religions avant d'évaluer l'extrême diversité de leurs multiples interprétations.

On peut certes établir quelques constats historiques. La genèse du judaïsme et de l'islam est inséparable d'un contexte militaire parce que la première religion s'est constituée au cours de guerres contre l'Egypte, les Philistins, les Babyloniens, les Grecs et les Romains, tandis que la seconde s'est structurée en livrant bataille contre les bourgeois de La Mecque, les juifs et des « mécréants » d'Arabie. Mais que l'islam naissant ait transformé la razzia en djihad n'en fait pas une religion par nature belliqueuse. Quant au christianisme, il a mené de nombreuses guerres de religion alors que Jésus avait demandé de tendre l'autre joue si on était giflé sur la joue droite (Matthieu 5, 38).

Et n'oublions jamais que les uns appellent terroristes ceux que d'autres nomment résistants. Pour ces héros des causes perdues, naquit la foi en la résurrection, en 164 avant Jésus-Christ, lors de la seconde guerre des Maccabées ; torturés par leur bourreau, les martyrs juifs lui dirent : « Scélérat, tu nous exclus de la vie présente mais Dieu, parce que nous serons morts pour ses lois, nous ressuscitera pour la vie éternelle » (2 Maccabées 7, 9).

Enfin, on gardera en mémoire que l'histoire fut écrite par des hommes et que, dans une certaine mesure, elle n'est qu'à moitié vraie puisque la moitié de l'humanité en fut exclue. Le jour où les femmes auront leur mot à dire sur le destin de l'islam, celui-ci deviendra plus pacifique et pluraliste.

Ce dialogue des vérités plurielles est-il un défi au Dieu unique ? Faut-il croire pour comprendre ou douter pour exister ? Entre saint Augustin et Descartes, le lecteur fera son choix. L'auteur n'a pas voulu opposer ces deux démarches et a souhaité écrire, comme Alain Bosquet, un livre du doute et de la grâce. C'est un lexique où les entrées sont au nombre de soixante-dix, ou de septante comme diraient nos amis belges ou suisses. Septante est aussi le nom de la version grecque de la Bible aux soixante-dix ou soixante-douze traducteurs.

Akhénaton

« Le dieu de Moïse était celui d'Akhénaton »

Cette affirmation a une variante : « Akhénaton a inventé le monothéisme. » Comme les Indiens ont créé les chiffres appelés « arabes », les Egyptiens auraient forgé une croyance attribuée aux Hébreux.

Cette double assertion n'est ni vraie ni fausse : elle est invérifiable et, de surcroît, mal formulée. Le mot « monothéisme » date du début du XIXe siècle et s'oppose à « polythéisme ». Il est douteux qu'Akhénaton (« cela est agréable à Aton »), pharaon du XIVe siècle avant J.-C., ait eu conscience d'opérer une telle révolution conceptuelle. Il est plus probable qu'en changeant son nom et sa capitale, Aménophis (« Amon est satisfait ») IV ait voulu prendre ses distances avec le clergé de Thèbes voué au dieu Amon, pour fonder la ville d'El-Amarna dédiée au dieu solaire Aton. Pour fuir le pouvoir tentaculaire des soixante-douze mille prêtres et acolytes de Karnak, le pharaon aurait changé de ville et de dieu.

Puisqu'il était seul maître sur terre, il aurait créé un seul dieu dans le ciel afin qu'un culte unique soit rendu au souverain et à sa divinité : il s'agissait, dans cette hypothèse, de monolâtrie autant que de monothéisme. Akhénaton supprimait le pluriel du mot dieu parce qu'à la différence de ses prédécesseurs et de leurs sujets, il ne pouvait plus harmoniser l'Un et le Multiple, l'unité du principe divin et la pluralité des personnes divines. Mais plutôt qu'un monothéisme pur et dur, il aurait créé une sorte de Trinité composée de lui-même, du dieu Aton et de la reine Néfertiti.

Plusieurs égyptologues dont le Britannique J.H. Breasted, auteur d'une *Histoire de l'Egypte* (1906), avaient depuis longtemps reconnu, d'une part, que le nom de Moïse était égyptien et, d'autre part, qu'Akhénaton était le fondateur de la religion d'un « Dieu unique à côté de qui il n'en est point d'autre » (Hymne à Aton). Freud opéra le lien entre ces deux constats et, dans *L'Homme Moïse et le monothéisme* (1935), il affirma que Moïse était un Egyptien, adepte de « la religion d'Aton avec laquelle la religion juive concorde sur bien des points importants ».

Pour mieux faire accepter son hypothèse, Freud situa l'Exode des juifs entre 1358 et 1350 avant J.-C., juste avant ou après le décès (vers 1354 avant J.-C.) du pharaon monothéiste. Moïse aurait remplacé le nom d'Aton par celui de Yahvé (un « dieu des volcans ») et aurait imposé au peuple juif certaines coutumes égyptiennes comme la circoncision (pratiquée surtout sur les prêtres et hauts personnages de l'Egypte).

Mais la datation de Freud est purement arbitraire. Les données historiques ont longtemps conduit à situer l'Exode au XVe siècle avant J.-C. (18e dynastie), avant le règne d'Akhénaton, et cette antériorité condamnait l'hypothèse freudienne. Actuellement, la majorité des exégètes préfèrent une datation basse, au XIIIe siècle avant J.-C. (19e dynastie) : Moïse pourrait être alors non pas un disciple direct mais un lointain descendant d'un fidèle atonien, séparé par au moins quatre générations du monarque iconoclaste.

Il est scientifiquement impossible de confirmer ou d'infirmer les idées de Freud sur l'ascendance religieuse du patriarche de l'Exode. On ne saurait donc dire avec certitude si le dieu de Moïse était ou non celui d'Akhénaton. Et comme l'historicité de Moïse n'est pas prouvée, on ne peut comparer Akhénaton, personnage historique, et Moïse, figure prophétique.

La religion des Hébreux (celle de Moïse) ayant elle-même évolué au cours des siècles vers un monothéisme de plus en plus exclusif, celui du judaïsme, il devient très difficile de comparer le culte durable mais variable de Yahvé au culte fixe mais bref d'Aton. La seule quasi-certitude est que la « Loi de Moïse » (le Décalogue) révèle l'influence non pas de l'Egypte mais de la Mésopotamie. Les fouilles égyptiennes n'ont jamais révélé le moindre texte juridique à portée générale (la puissance de l'administration égyptienne suppléait probablement à l'absence de lois applicables sur tout le territoire) alors que les fouilles mésopotamiennes nous ont livré nombre de « codes » parfois proches de la loi mosaïque.

On pourrait donc dire que Moïse était mésopotamien autant qu'égyptien. Il serait juste de voir dans le judaïsme une religion influencée par les civilisations situées au sud et au nord d'Israël. Et si l'influence d'Aton, dieu unique égyptien, est probable, celle du Marduk, dieu créateur babylonien, n'est pas moins plausible. Les mythes du Déluge et les poèmes de la Création sont nés entre Tigre et Euphrate tout comme la « naissance » du dieu unique a pu se situer au bord du Nil.

Mais la prudence s'impose toujours quand on recherche l'origine d'une « invention » qui est souvent un processus de longue durée et, parfois, une création de plusieurs civilisations différentes. De même que l'« invention » de l'écriture s'est étendue sur plusieurs millénaires et a vu le jour dans des civilisations différentes (en Mésopotamie, en Chine, dans l'Amérique précolombienne), l'« invention » du monothéisme ne peut être située historiquement et géographiquement avec certitude et précision.

Certains auteurs ont cru la repérer dans les religions des « primitifs », au paléolithique européen, voire dans les civilisations animistes océaniennes ou amérindiennes qui font souvent allusion à un Grand Dieu créateur. D'autres auteurs, souvent féministes, ont vu une première forme de monothéisme dans le culte des « Vénus » préhistoriques, ces symboles de fertilité si répandus dans la plupart des civilisations premières. Le monothéisme le plus ancien aurait été la religion de la Grande Déesse et non celle du Dieu unique. Et, bien entendu, cela reste invérifiable.

Amour

« Le christianisme est la religion de l'Amour »

L'Amour avec un grand A, celui qui rime avec toujours, ferait du chrétien un éternel amoureux. Cette vision idyllique du christianisme a son poème officiel : l'« Hymne à l'amour » de saint Paul (1 Corinthiens, chapitre 13) dont le titre (inventé) évoque plus une chanson d'Edith Piaf qu'une épître à l'Eglise. Il est lu dans de nombreuses célébrations de mariage et précède souvent une chanson de Jacques Brel : « Quand on n'a que l'amour ».

Saint Paul disait à Corinthe : « S'il me manque l'amour, je ne suis rien. » Prononcées dans une ville consacrée à Aphrodite, où les professionnelles de l'amour étaient légion, ces paroles peuvent sembler ambiguës. Et s'il n'est pas faux de considérer le christianisme comme la religion de l'amour, tout le problème est de savoir ce que recouvre un terme qui, comme son équivalent anglais *love*, exprime toute une gamme de sentiments contradictoires.

Ce problème concerne d'abord les traductions. Là où les Bibles modernes évoquent l'amour (*love* dans les Bibles anglaises), les anciennes parlaient de charité (*charity* en anglais). On comprend mieux alors saint Paul affirmant qu'entre « la foi, l'espérance et la charité, la charité est la plus grande ». En se référant à l'amour, l'apôtre des gentils vante l'une des trois vertus théologales. Mais les traducteurs actuels ont pensé, non sans raison, que le concept de charité était un peu usé. Saint Paul prend d'ailleurs ses distances avec l'altruisme desséché et la bienfaisance contrite de ceux qui distribuent « tous leurs biens aux affamés » sans être animés de ce mystérieux amour.

Celui-ci porte un nom grec, *agapè*, dont l'évolution est symptomatique : ce terme désigna le repas convivial et charitable des premiers chrétiens (les pauvres y étaient gratuitement invités). Les « agapes » devinrent, au XIXe siècle, synonymes de repas fraternels (notamment chez les francs-maçons), voire de festins communautaires en cette époque de banquets républicains puis de dîners d'anciens combattants. Les agapes sont les plaisirs de la chère et non ceux de la chair, exactement comme l'Evangile est un « livre où l'on mange tout le temps » (selon la formule de Madeleine Delbrel) mais où il n'y a jamais d'actes sexuels, à la différence de l'Ancien Testament où ceux-ci sont très fréquents. On fait à peu près soixante fois bonne chère dans l'Evangile et six cents fois l'amour dans la Bible.

Cet amour est relativement peu mentionné par les trois premiers évangiles (synoptiques) et il ne figure pas une seule fois dans celui de Marc. Il est beaucoup plus présent chez saint Jean (l'« évangéliste de l'amour ») et, surtout, chez saint Paul. Au total, et sous la forme de nom (*agapè*), de verbe (*agapan*) et d'adjectif (*agapètos*), ce terme grec figure trois cent vingt fois dans le Nouveau Testament dont il est le mot-clé.

On peut donc dire que le christianisme est la religion de l'amour à condition d'ajouter qu'il n'est guère celle de l'amitié (*philia*), mot qui n'est présent qu'une seule fois dans le Nouveau Testament (et huit fois dans la version grecque de l'Ancien). Et qu'il n'est pas du tout la religion du désir amoureux : *Erôs*, l'un des termes les plus fréquents du vocabulaire grec (et l'un des concepts essentiels de la pensée grecque), est absent du Nouveau Testament qui censure toute marque d'érotisme comme les bibliothèques chrétiennes rangeront à l'« enfer » tous les ouvrages érotiques.

Le moteur libidinal du christianisme, c'est la transformation d'*érôs* en *agapè* : le désir du beau devient soif du bien, le plaisir du corps extase de l'âme et le besoin de sexe recherche de Dieu. Est-ce refoulement ou sublimation ? Ou cette transformation d'une énergie pulsionnelle en rayonnement spirituel masque-t-elle un étouffement de la nature, un dessèchement de l'humain que Mauriac appela le « désert de l'amour » ?

Dans sa thèse en trois volumes, *Erôs et Agapè*, l'évêque luthérien suédois Anders Nygren n'a pas épuisé ce sujet complexe. Assurément, la charité chrétienne, comme la compassion bouddhiste, fut une révolution conceptuelle difficile à définir et délicate à mettre en œuvre. Aucun mot ne peut, à lui seul, résumer cet idéal. Une belle hymne catholique affirme : *Ubi caritas et amor, Deus ibi est* (« Là où sont charité et amour, Dieu est présent »). Ce qui signifie que ni la charité seule, ni l'amour seul ne le représente en totalité.

L'hébreu ne se pose pas cette question puisque, dans la Bible hébraïque, un seul mot, *ahava*, exprime le sens d'*érôs* et d'*agapè*, l'amour de l'homme pour la femme et celui de Dieu pour l'homme.

Aujourd'hui, Ahava est une marque israélienne de produits de beauté dont les spécialités sont issues des sels et des boues de la mer Morte. C'est une « industrie de Sodome », une richesse des bas-fonds de la terre. Au point le plus bas de la planète (- 400 mètres), là où la reine Cléopâtre avait déjà fait installer un atelier de cosmétiques, l'Amour rend les femmes plus belles ou, du moins, le prétend.

Peut-il rendre le monde meilleur ? Espérons-le et doutons-en tant les conceptions de l'amour se révèlent opposées. Pendant que Bernard Shaw dénonçait l'injustice sociale et incarnait l'*agapè* en fondant le parti travailliste, Oscar Wilde stigmatisait l'hypocrisie morale en pratiquant l'*érôs* avec ses jeunes amants. Ce dernier dénonça ainsi la duplicité de l'amour : « Chaque homme tue ce qu'il aime... le lâche avec un baiser, le brave avec une épée » (*Ballade de la geôle de Reading*).

Animisme

« L'animisme est la religion des primitifs »

C'est une idée partiellement juste et mal exprimée. L'animisme fut bien la religion des sociétés premières (plutôt que primitives). Mais il existe un socle animiste dans toutes les religions actuelles (y compris le christianisme) et l'homme moderne, devant les menaces écologiques, opère un retour à la sacralisation de la nature, principe essentiel de l'animisme, religion plus géographique qu'historique.

Au début du XVIIIe siècle, un médecin allemand, Georg Ernst Stahl (1660-1734), développa la théorie de l'animisme qui faisait de l'âme à la fois le principe de la pensée et l'origine de la vie organique.

Rapidement, ce terme quitta le domaine de la médecine (devenue plus expérimentale et moins idéaliste) pour celui des religions : l'animisme désigna une théorie de l'ethnologue anglais Edward Burnett Tylor (1832-1917) pour qui l'homme « primitif » faisait l'expérience de l'âme à travers ses rêves et ses rêveries. Ils révèlent à l'homme un autre lui-même, son double, plus ou moins inconscient, qui lui survivrait en se séparant du corps et viendrait repeupler la terre d'esprits. L'animisme désigna enfin, vers 1880, une croyance en des esprits animant les forces de la nature, notamment les astres, les arbres, la terre ou les animaux, tout ce qui vit, croît, se meut ou semble se mouvoir (le soleil) : l'animisme exalte ce qui est animé.

Le concept d'animisme est donc à géométrie variable et on peut l'appliquer à de nombreuses religions antiques qui vénéraient le soleil ou la lune personnalisés, les planètes, le tonnerre ou l'océan. Nos jours de la semaine en gardent la trace avec les lundi (jour de la lune), mardi (Mars), mercredi (Mercure), vendredi (Vénus), les mots anglais *Saturday* (Saturne) et *Sunday* (jour du soleil).

Les Grecs vénéraient la Terre-Mère (Gaïa) comme les Indiens d'Amérique, lesquels voyaient des grands esprits dans les séquoias géants et faisaient des prières à la racine de tournesol. Et comme le shintoïsme voit encore dans l'empereur nippon un descendant de la déesse du soleil Amaterasu, l'animisme n'a jamais totalement quitté le paysage des religions actuelles : certains de ces « primitifs » sont nos contemporains, dans les tribus de Papouasie comme dans le très moderne Japon.

L'animisme a reculé (notamment en Afrique, où de nombreux « animistes » sont baptisés tout en gardant certaines de leurs croyances traditionnelles) devant la foi monothéiste en un Dieu créateur, extérieur et supérieur aux forces de la nature. Cette foi s'exprime dans les premiers versets du livre de la Genèse : « Au commencement, Dieu dit : que la lumière soit. » La lumière est de création divine mais elle n'est pas divine. Quand l'office de la nuit pascale évoque la Sainte Lumière, il s'agit d'un éclairage spirituel et non de radiations physiques. Quand Jésus est dit « Soleil de Justice » et Marie « Etoile du matin », ces métaphores ne font pas de la Mère et du Fils des matières sidérales.

Le christianisme a plutôt inversé la valeur de l'animisme en faisant de l'animal un être diabolique plus souvent que divin. Il n'est pas le support d'un dieu comme dans l'hindouisme (l'oiseau Garuda est l'animal support du dieu Vishnou et chaque divinité a sa monture animale) mais peut être le suppôt du diable. Jésus libère un possédé en envoyant ses démons dans des porcs (Matthieu 8, 28-34) et les juges ecclésiastiques du Moyen Age excommuniaient les charançons ou maudissaient les scarabées.

Fléau de Dieu (pour punir les pécheurs) ou arme de Satan (pour tourmenter les vertueux), l'esprit animal a un pouvoir malfaisant. Il n'est bienfaisant que docile, incarné dans les brebis dont Jésus est le Bon Berger (Jean 10, 11).

Le naturalisme de la fin du XVIIIe siècle et le romantisme du XIXe siècle inaugurèrent le règne de la bonne nature, source d'inspiration et de communion qui fonde un panthéisme, version déiste de l'animisme : le divin est partout, non plus localisé dans certains êtres animés mais présent dans chaque parcelle du monde, y compris les natures mortes. C'est en ce sens qu'on peut comprendre les célèbres vers de Lamartine (« Milly ») :

« Objets inanimés, avez-vous donc une âme
Qui s'attache à notre âme et la force d'aimer ? »

La révolution industrielle et l'urbanisation massive ont transformé la nature en poubelle et rendu inertes des espaces vivants, objets du plaisir égoïste de l'homme insouciant : par ses pesticides, il a « défloré » des champs, pollué des sources et la jouissance sadique de cet activisme forcené peut apparaître comme une interprétation sauvage de l'ordre donné par Dieu à Adam et Eve : « Remplissez la terre et dominez-la » (Genèse 1, 28).

En réaction, le mouvement écologiste sacralise la nature et l'on appelle souvent « sanctuaires » les parcs nationaux. Nombre de ceux-ci, en Europe (Mercantour) ou aux Etats-Unis (Yellowstone, Yosemite), sont d'ailleurs d'anciens espaces cultuels des religions animistes. La pollution (dont le sens premier est l'émission de sperme) devient sacrilège et la cause animale sacrée : Luc Ferry a montré (dans *Le Nouvel Ordre écologique*) comment progressait « l'idée d'un droit des êtres de nature ». Si l'arbre abattu ou la bête pourchassée devient sujet de droit, c'est qu'on lui prête un rôle vital, une valeur essentielle. Il n'est plus, ou pas seulement, comme dans l'hindouisme, l'hôte temporaire d'une âme errante. Il est surtout la chair souffrante d'un être sensible à laquelle tout religieux (comme dans le bouddhisme) doit aide et protection, amour et compassion.

Lorsque, en Chine, le meurtrier d'un panda géant encourt la peine capitale, l'animal devient juridiquement l'égal de l'homme. Qu'un régime théoriquement athée emploie ces moyens extrêmes montre combien la survie d'une espèce rare transcende les clivages philosophiques. Quand les éléphants thaïlandais, naguère exterminés, obtiennent un statut de travailleur protégé et la retraite à soixante ans, on ne peut plus se moquer des Hébreux adorant le veau d'or ou des hindous vénérant la vache sacrée. La protection de l'environnement devient une tâche elle-même « sacrée » et les espèces « inférieures », qu'elles aient ou non une « âme », doivent être préservées avant que nature meure.

Antisémitisme

« L'antisémitisme est la haine des juifs »

La haine des juifs, c'est l'antijudaïsme. L'antisémitisme est la haine de toutes les civilisations de langue sémitique. A ce groupe de langues, appartiennent, notamment, l'hébreu et l'arabe. Donc, l'antisémitisme, au sens propre, s'exerce contre les juifs et les Arabes.

L'antisémitisme est donc une notion trop vague et vaste comme l'antigermanisme (l'Allemagne n'est que l'un des pays de langue et de civilisation germaniques). Un tel amalgame s'explique par le climat intellectuel et politique de racisme qui régnait à la fin du XIXe siècle. En confondant langues et « races », on opposait indo-européens (ou « aryens ») et sémites, quitte à oublier que les Basques ne parlent pas une langue indo-européenne et que les juifs, avant la renaissance (en 1948) de l'Etat d'Israël, ignoraient généralement l'hébreu.

Quant aux « races », les vagues d'émigration et leurs

cortèges de mariages mixtes ont suffisamment brouillé les pistes depuis l'Antiquité pour qu'on soit incapable de caractériser un « sémite ». Au Maghreb, Arabes et Berbères se sont mélangés et, dans le monde entier, la diaspora juive a connu un métissage avec les populations les plus diverses. Sans même évoquer les Black Hebrews d'Israël, afro-américains, ni la « tribu perdue » (Lost Tribe) de l'Assam himalayen, les juifs de Cochin eurent sûrement du sang indien et ceux de Kaifeng du sang chinois.

L'antisémitisme moderne est justement contemporain du « péril jaune », thème développé à la fin du XIXe siècle par de nombreux auteurs dont un certain capitaine Danrit (auteur de *L'Invasion jaune*, Flammarion, 1909), pseudonyme du futur colonel Driant, héros de Verdun. Dans le « péril jaune », on amalgamait Chinois, Japonais et peuples voisins, fourbes ennemis de l'Europe qu'ils s'apprêtaient à envahir. Dans le « péril juif », on mélangeait quelques minorités religieuses ou philosophiques (francs-maçons) considérées comme des ennemis de l'intérieur. Et dans l'antisémitisme, on utilisait abusivement la référence aux sémites afin de fustiger les juifs, vingt fois moins nombreux que l'ensemble des peuples de langue sémitique. Pour mieux faire croire à un danger, il est toujours bon de le grossir.

C'est sous sa forme allemande (*Antisemitismus*) que le mot apparaît, en 1879, sous la plume d'un pamphlétaire allemand antijuif, Wilhelm Marr. Il fait son entrée dans le vocabulaire français en 1894, en pleine affaire Dreyfus. Les juifs de la métropole apparaissant alors comme des cibles plus proches que les Arabes d'Algérie ou des colonies, il est logique qu'ils aient été les seuls visés. Mais le mot antisémitisme retrouva son sens global au procès Papon : on y montra comment une même police pouvait tour à tour livrer des juifs aux nazis et jeter des Arabes dans la Seine.

La confusion entre antisémitisme et antijudaïsme renvoie à une autre difficulté, celle de caractériser un sémite. Le mot est issu du livre de la Genèse (chapitre 10) où la Bible rattache tous les peuples de la terre aux trois fils de Noé : Sem, Cham et Japhet. Elle précise que « chacun eut son pays suivant sa langue et sa nation selon son clan ».

Au XVIIIe siècle, les philologues européens classèrent donc les langues anciennes et modernes de l'Europe et du Proche-Orient en trois groupes : le japhétique (ou indo-européen), le sémitique et le chamitique (dont fait partie le berbère). Ces deux derniers groupes possédant des affinités, ils étaient parfois réunis en un ensemble chamito-sémitique. L'Egypte antique était chamitique, la Palestine, l'Arabie et la Mésopotamie sémitiques et la Perse japhétique.

Reste à savoir ce que la langue nous dit des mœurs et des idées. Un voyageur allant de Brest à Anvers traverse des régions de langue celte (le breton), latine (le français) ou germanique (le flamand), mais il ne pourra établir une relation précise entre la racine des mots et les formes de l'art ou entre la conjugaison des verbes et la taille des familles. L'éthique et l'esthétique relèvent d'influences croisées, de métissages complexes où la langue est un facteur parmi d'autres.

Renan voyait dans le monothéisme sémitique (des juifs ou des musulmans) tantôt une impuissance grammaticale à penser le multiple (*Elohim*, Dieu des juifs, est un pluriel suivi d'un verbe singulier), tantôt une incapacité climatique à engendrer le grand nombre

(« Le désert est monothéiste, sublime dans son immense uniformité »).

Mais les deux explications ne convainquent guère. Le français accorde aussi au singulier un verbe suivant un nom collectif (« Une foule de mécontents manifeste ») quand on privilégie le groupe par rapport au nombre. Et si le désert est monothéiste, que dire de l'Indonésie, premier pays musulman du monde, qui bat tous les records mondiaux de pluviosité ?

Il est aussi difficile de définir un sémite qu'un antisémite. Quant à la haine du judaïsme, elle existait déjà aux temps de la guerre des Maccabées (vers 167 avant J.-C.) quand les bébés circoncis étaient mis à mort. Que le nom de ces frères résistants soit devenu synonyme de cadavre montre bien que le monde moderne n'a pas inventé le génocide*. Et quant aux chrétiens antisémites, ils devraient faire leur cette affirmation du pape Pie XI protestant contre la persécution des juifs par les nazis : « Nous sommes spirituellement des sémites. »

Arabes

« Les musulmans sont des Arabes »

C'est une erreur géographique et une vérité théologique. C'est une erreur géographique car la grande

* Les astérisques renvoient le lecteur à un mot figurant dans cet ouvrage.

majorité des musulmans du monde ne sont pas ethniquement des Arabes. C'est une vérité théologique car ils sont tous spirituellement des Arabes comme tous les chrétiens, selon l'expression du pape Pie XI, sont « spirituellement des sémites ». Un catholique est romain même s'il n'habite pas la Ville éternelle, un musulman est arabe même s'il est chinois ou persan.

Les Arabes habitent l'Arabie mais nul ne sait avec précision comment ils y arrivèrent. De même qu'on cherche la genèse des Hébreux chez les nomades *Habirou*, on croit trouver l'origine des Arabes chez les *Arabu*, population nomade vivant dans le désert syro-mésopotamien. Les caravaniers nabatéens (dont la capitale funéraire était Pétra) sont aussi considérés comme des Arabes, de même que les agriculteurs sédentaires de l'« Arabie heureuse » (actuel Yémen).

Aujourd'hui la population musulmane de cette région du monde est d'environ soixante millions d'habitants, soit 5 % seulement des musulmans du monde entier. De nombreux Arabes (souvent en voie d'émigration) sont chrétiens, notamment en Syrie et en Jordanie, au Liban et en Palestine. Tous les Arabes ne sont donc pas musulmans et tous les musulmans ne sont pas des Arabes.

Par extension, on appelle arabes les populations berbères d'Afrique du Nord qui furent islamisées et arabisées à partir du VIIe siècle. Elles sont partiellement arabes par assimilation et comptent environ cent cinquante millions de personnes. Même au sens large du terme, les Arabes sont donc très minoritaires parmi le milliard cent millions de musulmans de la planète. Un tiers de ceux-ci appartiennent au sous-continent indien (Inde, Pakistan, Bangladesh) et un quart au monde indo-malais (Indonésie, Malaisie), deux régions du monde où la population arabe est quasi inexistante.

La confusion entre Arabes et musulmans est largement due, surtout en France, à la période coloniale puis à l'immigration maghrébine qui ont concerné essentiellement l'« occident » (Maghreb) de l'islam. Les islamologues français ont souvent privilégié, dans leurs analyses, cet islam proche, celui que l'on côtoie dans les transports en commun et les banlieues : la figure du Beur y résume le monde musulman. Mais dans le métro londonien, celui-ci est représenté par un Indien ou un Pakistanais. Et, dans celui de Moscou, le musulman est souvent un étranger : la dissolution de l'ancienne URSS a fragmenté le pôle islamique de l'« Empire éclaté » en diverses républiques dont le grand nombre complique le repérage d'une identité musulmane.

Les musulmans du monde entier sont cependant tous un peu arabes de langue et de cœur. Le Coran ayant été révélé à Mahomet en langue arabe puis mis par écrit en alphabet arabe, sa traduction a longtemps été considérée comme une trahison et, aujourd'hui encore, elle ne peut servir à un usage liturgique. De même qu'un catholique devait naguère savoir un peu de latin pour comprendre la messe, un musulman doit s'initier à l'arabe littéral pour approfondir sa foi.

L'écriture arabe a, de plus, servi à noter les langues de certains Etats musulmans (comme l'ourdou, langue indo-européenne du Pakistan) et les arabesques, issues de cette écriture, décorent les maisons de ces Etats. De même que, dans l'Europe du Moyen Age, la culture latine imprégnait toutes les nations chrétiennes, la culture arabe est présente dans tous les pays musulmans.

Le fait de se tourner vers La Mecque pour prier et de s'y rendre en pèlerinage fait de l'Arabie la patrie spirituelle de tous les musulmans et d'eux seuls puisque les non-musulmans ne sont pas admis dans les Lieux Saints. Comme chaque juif a une relation particulière avec Jérusalem et la terre d'Israël, chaque musulman a un rapport privilégié avec le pays du Prophète et les villes de sa prédication.

Deux facteurs politiques contribuent à « arabiser » les musulmans. D'abord l'islamisme militant, souvent subventionné par l'Arabie Saoudite, tend à propager une culture arabe, notamment par le biais de la *charia*, droit musulman qui perpétue les coutumes arabes de l'époque de Mahomet même s'il possède des origines préislamiques, surtout mésopotamiennes (voir voile islamique*).

Ensuite, le conflit israélo-palestinien encourage un panarabisme de solidarité avec un peuple opprimé considéré comme arabe même si les Palestiniens ont des origines assez mélangées, fruits des multiples invasions qui ont marqué leur histoire. Les clivages politico-religieux se jouent des critères ethniques. Le monde juif a ses Black Hebrews et le monde musulman ses Black Muslims. Luttant pour les droits de l'homme ces Noirs étaient des frères, luttant pour les droits de Dieu ils sont devenus ennemis.

Athéisme

« L'athéisme est un phénomène contemporain »

C'est une idée fausse qu'un adjectif peut rendre vraie : l'athéisme date d'au moins deux mille cinq cents ans, mais l'athéisme militant (et populaire), principalement marxiste, n'a qu'un siècle et demi. Le « parti des sans-Dieu » a pris le pouvoir dans la Russie de 1917 mais la négation de l'existence de Dieu (athéisme) était déjà présente dans la Grèce ou l'Inde du Ier millénaire avant J.-C.

Au temps du Bouddha (agnostique mais pas athée), l'Inde avait ses matérialistes qui, avec leur maître à penser, Ajita Keshakambala, niaient l'idée d'une réincarnation en fonction des mérites : ces « épicuriens » se contentaient de goûter des plaisirs modérés. Les sceptiques, disciples de Sanjaya Belatthaputta, estimaient impossible (comme leurs homologues de Grèce) toute certitude sur un au-delà.

A la même époque (VIe et Ve siècle avant J.-C.), Démocrite et les atomistes ne discernaient dans l'univers qu'un ensemble de particules « insécables » (c'est le sens du mot *atome*), un mouvement de matière dans le vide. Karl Marx, consacrant sa dissertation de doctorat à la « Différence de la philosophie de la nature chez Démocrite et Epicure » (1841), voyait dans ces philosophes antiques les précurseurs du matérialisme moderne.

Les Hébreux avaient aussi leurs athées. « Il n'y a pas de Dieu », disaient les hommes « suffisants » ou « fous » (Psaumes 10, 4 et 14, 1). Mais peut-être ces athées étaient-ils seulement les fidèles d'une idole car ils « prêtent serment sur des non-dieux » (Jérémie 5, 7) et renient le dieu d'Israël.

Le problème de l'existence de Dieu est lié, dans le monde antique ou moderne, à la récompense du bien et à la punition du mal. A partir de l'époque (VIe siècle avant J.-C.) où se répand, en Inde comme au Proche-Orient, la croyance en une vie future, meilleure pour les justes et moins bonne pour les méchants, les injustices de ce monde n'entraînent plus automatiquement l'incrédulité. Mais nombreux demeurent ceux qui souhaitent encore une rétribution sur terre. Comme les sages de la Bible, Job et Qohélet, ils mêlent le doute à la foi et voient dans le triomphe du mal la vanité du monde et la vacuité du bien. Entre espérance et désillusion, ces hommes lucides sont tour à tour croyants et athées.

Le Coran relie également l'existence de Dieu à la récompense des croyants : « Il n'y a pas de doute là-dessus mais la plupart ne le savent pas... Ils disent : il n'y a pas d'autre vie que la vie actuelle » (sourate 45, 24). Ces non-croyants peuvent être des « idolâtres » (ils sont alors plus hétérodoxes qu'athées) mais aussi des musulmans sceptiques, voire impies. Au XIIe siècle, le poète iranien Omar Khayyâm écrit : « Sur l'échiquier de l'existence, nous sommes voués à nos jeux pour tomber, eux finis, dans le néant d'un coffre. » Entre amours interdites et alcool prohibé, nombre de poètes arabes ou persans mêlent incroyance et libertinage.

Ce mélange est aussi dénoncé dans la France de Louis XIV par de nombreux prédicateurs et, notamment, par Bossuet : « Il y a un athéisme caché dans tous les cœurs qui se répand dans toutes les actions »

(*Pensées détachées*). « Les athées et les libertins... disent ouvertement que les choses vont au hasard et à l'aventure sans ordre, sans gouvernement, sans conduite supérieure. »

Mais parler ouvertement peut conduire à la mort : en 1766, le chevalier de La Barre, âgé de dix-neuf ans, est décapité à Paris pour ne s'être pas découvert au passage d'une procession et avoir mutilé un crucifix. La peur du martyre freine les athées, probablement plus nombreux que les rares « esprits forts » qui confessent alors leur incroyance.

Le XIXe siècle voit la naissance d'un athéisme moins centré sur la morale que sur le social. Il se résume dans la formule du socialiste Blanqui : « Ni Dieu ni maître. » Il triomphera dans la révolution communiste russe (1917) et chinoise (1949). En quelques années, églises orthodoxes et pagodes bouddhistes fermeront, popes et moines seront poursuivis et la religion sera presque exterminée de deux des plus grands pays de la planète. L'athéisme officiel des temps modernes, à la différence de l'athéisme personnel des époques antérieures, touche les foules « superstitieuses » devenues masses laborieuses. Elles sont entraînées à devenir les ennemis des religieux oisifs, immoraux parce que asociaux.

Quant au libertinage d'antan, on le taxe moins d'athéisme que d'hédonisme, la société permissive engendrant une « perte des repères » qui n'est pas un refus du divin. Elle suscite même une nostalgie de l'idéal athée et de sa morale laïque. Comme s'il y avait chez tout athée un croyant tapi et chez tout croyant un incrédule masqué.

Ainsi peuvent agir dans un même combat « celui qui

croyait au ciel, celui qui n'y croyait pas » (Aragon), car les Roses de Noël « vous ont rendu hommes de peu de foi le grand amour qui vaut qu'on meure et vive ».

Bonze

« Les bonzes sont des prêtres bouddhistes »

C'est en théorie un double contresens : les bonzes ne sont pas spécifiquement bouddhistes et les bouddhistes n'ont pas de prêtres. Le mot « bonze », apparu au XVIe siècle, est dérivé du portugais *bonzo*, lui-même emprunté au japonais *bozu* désignant un religieux. Or, les Japonais pratiquent souvent conjointement le bouddhisme, religion sans prêtres, et le shintoïsme, religion avec prêtres. L'ambiguïté du mot *bozu* n'a pas été perçue par les Occidentaux qui, à l'époque, ignoraient tout de la doctrine du Bouddha. Et les Portugais, catholiques, ont considéré que le *bonzo* était l'équivalent du *padre* (père), mot portugais qui désigne le prêtre (un jeune prêtre a pourtant l'âge des fils de ses paroissiens), lequel prêtre semble d'ailleurs condamné à la vieillesse par son nom qui dérive du grec *presbutéros* (ancien).

Les langues éprouvent donc de grandes difficultés à exprimer la différence entre un moine qui prie et un prêtre qui sacrifie. Quand le judaïsme souffrit, en 70 après J.-C., de la destruction du Temple de Jérusalem, lieu unique des sacrifices animaux, il perdit aussi ses prêtres (*cohanim*), remplacés par les rabbins, « maîtres » de prière. Et quand la Réforme protestante décida que l'eucharistie était non pas un sacrifice de chair et de sang mais un symbole de pain et de vin, elle supprima les prêtres au profit des pasteurs.

A l'inverse, en Asie de l'Est, le shintoïsme japonais et le taoïsme chinois ont encore des prêtres offrant des sacrifices, bien que ceux-ci soient souvent non sanglants et consistent en des offrandes de riz, guère différentes des dons de nourriture qu'apportent les fidèles aux moines bouddhistes. De même, en Inde, les brahmanes font aujourd'hui beaucoup plus d'offrandes végétales que de sacrifices animaux tout en étant considérés comme des prêtres.

Le Bouddha historique joua d'ailleurs un rôle essentiel dans cette évolution des religions asiatiques lorsqu'il décida de privilégier le sacrifice intérieur (le renoncement et l'ascèse) et de refuser les sacrifices animaux. En pratique, la distinction entre religion avec prêtres et religion sans prêtres n'est donc plus aussi fondamentale que dans l'Antiquité et l'ambiguïté du mot « bonze » ne constitue plus une erreur absolue. De même, dans le christianisme on éprouve parfois des difficultés à isoler les fonctions sacerdotales des missions pastorales ou contemplatives : on parle souvent des prêtres (et non pas des pasteurs) anglicans et les monastères catholiques regroupent des moines prêtres et d'autres non-prêtres.

En Occident, le mot « bonze » a connu un dramatique succès avec le suicide par le feu des bonzes vietnamiens protestant, en 1963, contre la politique antibouddhiste du gouvernement Diem : si un moine se transforme en victime immolée, il devient, comme Jésus-Christ, le prêtre de son propre sacrifice. La mort sous la torture de nombreux lamas tibétains fait aussi de leur martyre un sacrifice sanglant qui peut revêtir une dimension sacerdotale.

Le mot « bonzesse » (un peu ridicule, à cause de sa ressemblance avec gonzesse) est parfois utilisé et Voltaire écrivait, dans son *Essai sur les mœurs*, que « les Chinois et les Japonais seuls ont quelques bonzesses ». Il se trompait d'ailleurs car le bouddhisme tibétain possède aussi ses nonnes (terme plus convenable). Même si les femmes sont très minoritaires dans le clergé bouddhique, leur nombre tend à augmenter (notamment au Vietnam et à Taïwan) sous l'influence du mouvement féministe mondial.

Bonzes et bonzesses, ou moines et moniales, sont moins des prêtres que des religieux qui font du bouddhisme la religion la plus « cléricale » au monde. En 1950, le bouddhisme tibétain comptait environ un demi-million de moines, soit trente pour cent de la population masculine : il y avait plus de moines au Tibet que de prêtres catholiques dans le monde entier. Et le monastère de Drepung (près de Lhassa) abritait dix mille moines, cinquante fois plus que l'abbaye de Cluny à son apogée.

Aujourd'hui encore, le *sangha* (communauté) birman compte trois cent mille moines et deux mille d'entre eux vivent dans le même monastère, à Mandalay, où, en rangs serrés, ils vont prendre leur déjeuner à onze heures, dans une parfaite « file indienne ». Au sein des masses asiatiques, vivent des foules monastiques qui pratiquent la dissolution du moi dans la vie collective.

Capitalisme

« Le capitalisme est né du protestantisme »

On pourrait tout aussi bien dire : « Le protestantisme est né du capitalisme. » Car entre l'économie du salut et les biens terrestres, entre les forces de l'Argent et la puissance de l'Esprit, on distingue mal la cause des conséquences.

L'origine de la Réforme est liée à un événement financier : la vente des indulgences (remise des peines de l'enfer) par le pape Jules II (l'ami de Michel-Ange) pour financer la construction de la basilique Saint-Pierre de Rome. Ce trafic de la grâce de Dieu contre l'argent du peuple (simonie) scandalisa le moine Luther. Cette débauche de dorures et cette profusion d'œuvres d'art déplaisaient à ceux qui auraient préféré voir cet impôt déguisé consacré à des œuvres plus utiles : le secours des pauvres mais aussi l'entretien des routes, l'assèchement des marais ou l'éclairage des villes.

Ces âmes insoumises se recrutaient surtout en Europe du Nord, là où l'économie marchande des artisans urbains et le commerce portuaire de la ligue hanséatique (association de villes maritimes) avaient créé un embryon de capitalisme. Le protestantisme emprunta à ce capitalisme naissant le système concurrentiel (les Eglises rivalisent d'ardeur évangélique), la volonté de progrès (la « Réforme »), la remise en cause des situations établies (la « protestation »).

En sens inverse, le capitalisme emprunta à la nouvelle religion une préférence pour l'investissement durable (la vie éternelle ou l'épargne à long terme) et un refus des dépenses somptuaires (le train de vie du clergé), l'exaltation du travail et le mépris de l'oisiveté (la « paresse » des moines et le gaspillage des fêtes chômées), la reconnaissance de la liberté (de faire le bien et d'entreprendre) et la critique du centralisme (pontifical ou impérial).

La Réforme fut aussi la cause ou la conséquence de l'émergence de petites républiques comme les Provinces-Unies (des Pays-Bas) ou les cantons suisses. Elle fut enfin la fille de l'imprimerie (l'invention de Gutenberg divisa par huit le prix d'une bible) et la mère de l'instruction (la première école primaire obligatoire au monde fut créée par Calvin à Genève, trois siècles avant Jules Ferry).

Une explication théorique de ces phénomènes complexes fut tentée, en 1905, par le sociologue allemand Max Weber. Celui-ci rechercha des causes spirituelles aux mutations économiques, s'opposant ainsi au matérialisme de Marx. Weber montra l'importance du travail dans la théologie de Luther (ex-moine « oisif ») et le rôle central de l'ascétisme (source d'épargne) dans les Eglises issues du calvinisme. Il intitula donc son ouvrage *L'Ethique protestante et l'esprit du capitalisme*.

Et les commentateurs caricaturèrent trop souvent la pensée tout en nuances d'un livre où les notes sont plus longues que le texte. Weber s'était montré très prudent : il avait mis le mot « esprit » (*Geist*) entre guillemets et avait affirmé « le caractère très provisoire » de ses essais et études destinés à « être bientôt dépassés ».

Or, en 1905, les trois premières puissances économiques du monde étaient trois pays majoritairement protestants : les Etats-Unis, l'Allemagne et la Grande-Bretagne. Mais quand le livre de Weber fut traduit en français, en 1964 seulement, on parlait du « miracle français » ou du « miracle italien » pour s'extasier devant le progrès économique de ces pays catholiques. En France où, laïcité oblige, Weber avait été ignoré pendant soixante ans, on prit pour parole d'évangile ce que Max Weber tenait pour des hypothèses.

L'immense mérite de celui-ci fut de ne pas céder à l'antijudaïsme ambiant : là où la presse populaire voyait derrière la dureté du capitalisme la rapacité de la « finance juive », Weber montra que la préférence pour l'avenir du prêteur était analogue à celle du croyant : le débiteur remboursera avec un intérêt et Dieu rendra au centuple.

Avec beaucoup d'érudition et peu d'expérience (il n'avait pas visité les pays dont il parlait), Weber établit des rapports entre confucianisme et puritanisme ou dévotion hindoue et retard économique. Il est bien difficile de savoir ce qu'il dirait aujourd'hui sur l'Asie des « dragons », la Chine des gratte-ciel, l'Inde de l'informatique ou le Pakistan de la bombe atomique. Quels rapports trouverait-il entre l'éthique bouddhique et l'esprit du capitalisme, les arts divinatoires des Chinois et leur goût de la spéculation boursière ?

Nul ne le sait tant les interactions entre économie et théologie sont complexes. La croissance la plus rapide du dernier demi-siècle a été celle de Singapour, micro-Etat qui avait le niveau de vie du Bangladesh en 1960 (Singapour était si pauvre que la Malaisie n'en a pas voulu) et a celui de la France aujourd'hui. Or, Singapour est une mosaïque de presque toutes les religions proche- ou extrême-orientales et si l'on cherche à y promouvoir les « valeurs asiatiques », celles-ci sont très œcuméniques pourvu qu'elles favorisent la réussite. L'argent n'a pas d'odeur, l'argent n'a pas d'Eglise. Il aide seulement à vivre selon le bon conseil de Jésus : « Faites-vous des amis avec l'argent trompeur » (Luc 16, 9).

Castes

« L'Inde est le pays des castes »

Peut-on définir un pays par un mot qui lui est étranger ? L'Inde a sûrement des castes mais elle ignore ce terme européen dont le sens discuté traduit mal une réalité fort complexe où abondent les sous-castes.

« Caste » vient du portugais *casta* qui dérive du latin *castus* signifiant « exempte d'impureté », « conforme aux rites » (de purification). Mais *casta* a pris aussi, en espagnol et en portugais, le sens de race, c'est-à-dire de groupe possédant des caractères qui se transmettent de manière héréditaire.

Les castes indiennes correspondent aux deux significations. Le rang social se mesure par le degré de pureté, religieuse et corporelle, et les brahmanes, soumis à de nombreux rituels d'ablution, se situent au sommet de l'échelle des castes et du niveau d'hygiène. Ce qui leur permet de posséder des temples et d'ouvrir des restaurants : « cuisine de brahmane » est, en Inde, synonyme de « cordon-bleu ».

Mais ce rang social est également lié à des facteurs ethniques : les peaux foncées, trahissant des travaux pénibles sous le soleil, sont méprisées et les peaux claires, évoquant des nobles activités d'intérieur, sont recherchées. Il en était d'ailleurs de même en Europe avant la mode du bronzage mais l'Inde a voulu donner un caractère héréditaire à ces traits physiques : on naît dans une caste et on n'y rentre pas. Ce refus du mélange a inspiré les théories raciales de la fin du XIXe siècle, abusivement appelées « indo-européennes ».

Ce que les Occidentaux appellent « caste », les Indiens le nomment *varna* (couleur), par allusion non pas à la couleur de la peau mais à une teinte symbolisant la fonction principale de chaque caste : le blanc pur pour les prêtres (*brahmanes*), le rouge sang pour les guerriers (*kshatriya*), etc. Il y avait dans l'Inde védique (Ier millénaire avant J.-C.) trois *varna*, celles des prêtres, des guerriers et des producteurs (*vaishya*). Elles représentaient trois fonctions sociales essentielles (la souveraineté religieuse, la défense du pays, la production de biens) et Georges Dumézil a nommé trifonctionnalité ce système « indo-européen » qui, sous une forme atténuée, se retrouvait aussi bien à Rome qu'en Scandinavie. Avec le clergé, la noblesse et le tiers état, la société française de l'Ancien Régime n'était pas très éloignée de ce modèle indien.

A la fin de l'époque védique (derniers siècles avant J.-C.), on ajouta à cette triade une quatrième catégorie, de rang social inférieur, celle des *shudra* (serviteurs). Cette inégalité fut ainsi justifiée et sacralisée par les lois de Manou : « Pour la propagation de la race humaine, de sa bouche, de son bras, de sa cuisse et de son pied, Brahma produisit le brahmane, le kshatriya, le vaishya et le shudra. » Tous ceux qui refusaient cet ordre inégal étaient relégués dans une cinquième catégorie, celle des hors-castes, parfois appelés intouchables ou *parias*.

Mais, pour les Indiens, les véritables castes sont non pas les quatre *varna* mais les centaines de *jâti* (naissances) qui les subdivisent en sous-castes, souvent locales. Il existe ainsi des dizaines de sous-castes de brahmanes ou de *shudra* qui structurent (et sclérosent) la société indienne. Les *varna* correspondent, à peu près, aux ordres de l'Ancien Régime féodal européen et les *jâti* aux corporations du Moyen Age.

Et, de même que la révolution de 1789 a supprimé les ordres et corporations, la Constitution indienne de 1950 a aboli les castes et sous-castes. Toutefois, pour la promotion sociale des basses castes, le gouvernement a réservé à leurs membres des quotas de postes dans la fonction publique. Les castes sont donc constitutionnellement supprimées et légalement rétablies. Cette contradiction se retrouve d'ailleurs dans le droit américain : selon la Déclaration d'indépendance de 1776, « les hommes sont créés égaux », mais en vertu des lois de discrimination positive (*affirmative action*), les universités réservent des places aux membres des minorités ethniques.

A ce communautarisme indo-américain s'opposent les principes éducatifs sino-français qui substituent le mérite à la naissance. Car la Chine impériale et la France royale puis républicaine sont les deux seuls pays au monde à avoir élaboré un système de concours accessibles à tous les candidats quelle que soit leur origine sociale, religieuse et ethnique. On est brahmane de naissance et mandarin par le mérite : le système des castes n'a pu s'exporter en Chine où toute notion de charge héréditaire ou de privilège transmissible était contraire à la morale confucéenne même si, en pratique, beaucoup de mandarins étaient fils de mandarins. La République française connaît aussi ses « castes » de hauts fonctionnaires et sa reproduction d'inégalités qui engendre une élite d'« héritiers » et une frange de rejetés : les « exclus » sont nos *parias*.

Le régime des castes n'est donc pas uniquement indien même si l'hindouisme lui a donné une extrême rigidité en sacralisant la notion de « pureté ». Il demeure très difficile à expliquer comme le montre une légère erreur du *Robert* historique. Le célèbre dictionnaire, habituellement remarquablement informé, affirme que les castes ont été « théoriquement abolies » par Gandhi. Or celui-ci, tout en regrettant leur existence, n'avait pas osé réclamer une suppression qu'il jugeait politiquement et théoriquement prématurée : il s'était contenté de demander l'abrogation de la coutume la plus discriminante, l'intouchabilité. L'abolition théorique de toutes les castes est donc due au docteur Ambedkar, un juriste intouchable que le brahmane Nehru avait chargé de rédiger la Constitution indienne. C'est un quasi-inconnu en Occident alors qu'en Inde, il a sa statue sur la grand-place des six cent mille villages.

Célibat

« Le célibat des prêtres date seulement du Moyen Age »

Pour mieux prouver que le mariage des prêtres est compatible avec l'enseignement du Christ, des chrétiens affirment que le célibat sacerdotal est une invention tardive, inconnue des évangiles et de l'Eglise primitive. Une bonne cause excuse-t-elle de mauvaises preuves ? Car le célibat des prêtres est un sujet de discorde depuis les premiers temps du christianisme et aucun argument définitif ne le discrédite ni ne le légitime. Les orthodoxes, gardiens de la Tradition, ont d'ailleurs choisi une solution ambiguë : leurs prêtres peuvent être mariés mais pas leurs évêques.

Il s'agit donc d'une idée mi-fausse mi-vraie sur un problème à double entrée. Car il faut distinguer le célibat des prêtres du vœu de chasteté des moines : les prêtres s'engagent à ne pas se marier tandis que les moines promettent de ne pas commettre d'actes sexuels. La différence n'est pas négligeable et certains prêtres africains ou asiatiques estiment (contrairement au magistère catholique) qu'ils ne doivent pas prendre une épouse mais qu'il ne leur est pas interdit d'avoir des relations sexuelles avec une femme ni de concevoir avec elle des enfants.

Les évangiles n'attribuent ni ne refusent à Jésus femme ou enfants et le statut matrimonial des apôtres est mal connu. Ils étaient probablement mariés mais le Christ semble faire l'éloge de ceux « qui se sont rendus eunuques à cause du Royaume des cieux. Comprenne qui peut comprendre » (Matthieu 19, 12). Origène et quelques autres interprètes littéraux de ce passage comprendront qu'il faut se trancher les testicules mais la grande majorité des Pères de l'Eglise verront dans cette évocation de la castration physique un encouragement à la fécondité spirituelle. Saint Paul restera célibataire mais conseillera à ceux qui ne peuvent vivre dans la continence de se marier. « Car il vaut mieux se marier que brûler » (1 Corinthiens 7, 9).

La continence était déjà pratiquée par les prêtres de nombreuses religions (juive, grecque ou romaine) avant les actes cultuels afin de ne pas « polluer » les sacrifices. Le célibat semblait, pour le christianisme, une garantie contre le retour des clergés héréditaires (les prêtres du Temple vivement critiqués par Jésus) comme il l'était déjà pour les moines bouddhistes hostiles aux dynasties de brahmanes.

Les principaux ministres du culte des premiers siècles chrétiens étaient des anciens ou presbytres (les presbytes, ces « vieux » à la vue altérée, sont leurs frères sémantiques), généralement mariés et pères de famille, auxquels on interdisait seulement le remariage après veuvage. Mais les moines du désert, chastes et pauvres, incarnaient un idéal de renoncement et avaient des disciples dans les villes chrétiennes.

La loi la plus ancienne relative au célibat ecclésiastique émane du concile local d'Elvire (Espagne) et daterait d'environ 300 après J.-C. : « Il a été décidé d'imposer l'interdiction absolue suivante aux évêques, aux presbytres et aux diacres, ainsi qu'aux clercs qui assurent le ministère : ils s'abstiendront de leur épouse et n'engendreront pas d'enfants ; quiconque le fera sera chassé du rang des clercs. »

Le concile œcuménique (universel) de Nicée exclut du clergé ceux qui s'étaient eux-mêmes châtrés. Une décrétale du pape Sirice (384-399 après J.-C.) condamne l'activité sexuelle des ministres du culte : « Nous avons appris que beaucoup de prêtres du Christ et des lévites, longtemps après leur consécration, ont procréé une descendance aussi bien de leur propre mariage que d'un commerce honteux... Or, nous sommes tous liés, prêtres et lévites, pour que du jour de notre ordination, nous consacrions un cœur et un corps à la sobriété et à la chasteté, de sorte que nous plaisions au Seigneur notre Dieu dans les sacrifices que nous offrons quotidiennement. »

L'obligation du célibat fut si souvent rappelée par les conciles et les papes des Ve et VIIe siècles que cette insistance laisse deviner de nombreuses infidélités au principe. Si l'Eglise d'Orient admet officiellement le mariage des prêtres depuis l'an 692 (concile Quinisexte), l'Eglise d'Occident maintient son interdiction, ainsi formulée par le premier concile œcuménique du Latran (1123) : « Nous interdisons absolument aux prêtres, aux diacres et aux sous-diacres d'avoir sous leur toit des concubines ou des épouses et de cohabiter avec d'autres femmes. »

Depuis le concile Vatican II, l'Eglise catholique ordonne des diacres mariés mais la règle du célibat est maintenue pour les prêtres. Elle est interprétée avec d'autant plus de souplesse que les manquements sont discrets. Dans certains pays, de nombreux prêtres ont femme et enfants mais on ne peut réduire le célibat à une pratique moyenâgeuse. C'est une antique tradition que le pape et les évêques devront tôt ou tard confirmer (au risque de transgressions de plus en plus nombreuses) ou infirmer (au risque d'un schisme des catholiques les plus conservateurs). Le mariage des prêtres est le grand défi de l'Eglise catholique pour le siècle à venir.

Circoncision

« La circoncision est le signe de l'alliance du peuple juif avec Dieu »

C'est une idée juste qui n'a guère de sens. Pas plus que le signe de croix n'explique la mort du Christ, la circoncision ne prouve l'alliance à Dieu. Pourquoi retenir un signe et pas un autre ? Les chrétiens peuvent aussi se reconnaître à la « fraction du pain » (c'est à ce symbole eucharistique que les disciples reconnurent Jésus sur le chemin d'Emmaüs) et les juifs à l'observance du shabbat.

Pourquoi donc privilégier un signe réservé aux hommes et caché dans leur intimité ? Un signe distinctif doit être aisément visible. Or, contrairement aux Grecs qui se montraient nus au gymnase, exhibant ainsi leur prépuce, les juifs ont toujours manifesté une grande réticence à découvrir en public leur nudité, de peur d'être vus d'un membre de leur famille ou de le voir dans ce simple appareil, attitude que prohibe le livre du Lévitique (chapitre 8).

Dans l'histoire des civilisations, les deux principales

pratiques accompagnant la conclusion d'une alliance sont un repas et un sacrifice. On les retrouve toutes les deux dans le livre de l'Exode (chapitre 24) à propos de l'alliance entre Dieu et Moïse : les fils d'Israël mangent et boivent (verset 11) comme le fils de Dieu (Jésus) mangera et boira la coupe de la Pâque durant la Cène du Jeudi Saint. Et les jeunes gens d'Israël offrent des sacrifices d'animaux dont le sang est mis dans des coupes (verset 6) comme Jésus offrira le sacrifice de son corps et versera le sang de la nouvelle alliance.

Deux étymologies sont proposées pour le mot hébreu, *berit*, désignant l'alliance. L'une renvoie à l'idée de coupure car les deux contractants « coupaient » l'alliance, c'est-à-dire la concluaient en passant entre les deux moitiés d'une bête sacrifiée : avant de se trancher le prépuce, Abraham coupe en deux une génisse, une chèvre et un bélier (Genèse 15,10). La circoncision étant elle-même une « coupure » (*moul*), il est non pas faux mais guère instructif de dire : « La coupure est le signe de la coupure. » L'autre étymologie renvoie à l'idée de manger et, donc, à un repas de l'alliance. Mais contrairement à un usage répandu dans certaines tribus africaines, les Hébreux, circoncis à l'âge de huit jours, ne mangent pas la peau de leur verge et l'on voit mal le lien entre un repas et le prépuce.

La circoncision, inconnue en Mésopotamie (de nombreux juifs abandonnèrent cette coutume durant l'Exil à Babylone), était pratiquée sur les prêtres et certains nobles égyptiens à la puberté. Elle était (et demeure) considérée comme un rite d'initiation à l'âge adulte dans de nombreuses régions d'Afrique noire ou d'Océanie (voir excision*). Elle était aussi pratiquée par les médecins grecs comme chirurgie du phimosis, ce rétrécissement de l'anneau préputial empêchant de découvrir le gland. Cette opération était notamment pratiquée dans le sanctuaire d'Asclépios (Esculape, dieu de la médecine) à Epidaure, mais les Grecs ne lui ont jamais reconnu le moindre caractère religieux.

La circoncision hébraïque a donc bien un motif religieux, à la différence de la circoncision musulmane (pratiquée à un âge variable) qui est une simple tradition (sans fondement coranique) s'appuyant sur des motifs d'hygiène (prévention du phimosis ou des infections de la verge). Elle est l'une des marques de l'identité juive en raison de son caractère indélébile, même si certains juifs hellénisés tentèrent de se « refaire un prépuce » (1 Maccabées 1, 15).

Cette opération devait être aussi pratiquée sur les bébés étrangers nés en Israël, notamment les fils d'esclaves (Genèse 17, 12) : le droit du sol primait le droit du sang et l'immigré avait accès aux cultes des Hébreux. La circoncision est donc indissociable de l'identité religieuse (et pas seulement nationale) juive.

Jésus fut circoncis à l'âge de huit jours (Luc 2, 21) et, avant de devenir la fête de la Sainte Famille, le 1er janvier fut longtemps, dans l'Eglise catholique, la fête de la Circoncision. Mais quand les « païens » adultes demandèrent le baptême, il s'avéra difficile de leur imposer une opération alors pratiquée sans anesthésie ni asepsie. A l'Assemblée de Jérusalem (vers l'an 49), les apôtres décidèrent donc de supprimer cette obligation « afin de ne pas accumuler les obstacles devant les païens qui se tournent vers Dieu » (Actes des apôtres 15, 19). Et saint Paul demande aux Galates baptisés de ne pas se faire circoncire car, sinon, « Christ ne vous servira plus à rien » (Galates 5, 2).

Le christianisme put ainsi s'ouvrir largement au monde méditerranéen puis conquérir le monde au prix d'une irrémédiable coupure avec le judaïsme. Paradoxalement, c'est un pays majoritairement chrétien, les Etats-Unis, qui fut le meilleur apôtre de la circoncision, intervention souvent préconisée par les médecins américains pour prévenir le phimosis ou certaines infections (le sida pourrait d'ailleurs inciter à la circoncision, qui semble réduire le risque de transmission de la maladie). Soixante-dix pour cent des Américains de toute confession sont aujourd'hui circoncis et portent donc dans leur chair le signe de l'alliance d'Abraham. Quant aux autres, ils peuvent se dire « circoncis de cœur » (Deutéronome 10, 16) s'ils craignent, suivent, aiment et servent le Seigneur car aucun juif ne réduit la foi à un scalpel ni l'Alliance à un bistouri.

Clergé

« L'islam n'a pas de clergé »

C'est partiellement vrai pour les sunnites et totalement faux pour les chiites. L'islam majoritaire, celui de la *sunna* (tradition), est dirigé non par des clercs consacrés mais par des chefs de prière désignés. Mais ces *imams* jouent, dans l'islam de la « scission », le chiisme, un rôle essentiel. L'islam est donc à la fois une religion peu et très cléricale.

L'islam s'est construit en réaction contre le polythéisme, le christianisme, le judaïsme et, donc, contre leur clergé. Il a refusé les prêtres car ils sacrifiaient aux « idoles » : l'islam est une religion sans sacrifices, celui du mouton étant une simple commémoration du geste d'Abraham sur le bélier, dépourvue de valeur magique. Il n'a pas voulu d'évêques enfermés dans leurs querelles « byzantines » : l'islam est une religion sans autorité dogmatique, pape infaillible ou concile œcuménique. Mais l'islam a préféré avoir recours à des *oulémas*, savants en sciences religieuses interprétant la *charia* (loi musulmane) et assez proches, par leurs fonctions, des rabbins juifs, ces maîtres de l'exégèse et docteurs de la Loi. L'islam et le judaïsme, religions fondées sur la stricte observance d'un droit largement écrit, ont leurs clercs au sens où l'on parle de clercs de notaire, c'est-à-dire de personnes veillant avec minutie au respect des écritures.

La notion de clergé est difficile à définir. Au Moyen Age, un clerc était un lettré car les hommes d'Eglise demeuraient souvent les seuls à savoir lire. En ce sens, les écoles coraniques (comme les écoles rabbiniques) sont des pépinières de « clercs ». Mais au sens grec du terme, le clerc (*klèrôs*) était désigné par le sort pour exercer une fonction religieuse : c'est selon cette procédure que fut choisi le « clerc » Matthias pour remplacer Judas parmi les douze apôtres (Acte des apôtres 1, 26). L'islam interdisant les jeux de hasard, ce tirage au sort (la plus vieille méthode de désignation des chefs dans une démocratie) ne pouvait être pratiqué.

Les chefs de la prière sont donc nommés selon leur

mérite parmi les hommes pieux ayant une bonne connaissance du Coran. Ils sont dits *imams* (ceux qui se « placent devant ») exactement comme un président est celui qui « siège devant » (*praesidet*). Même si la fonction d'imam n'est pas une profession (il n'y a pas de vœux perpétuels ni de nomination à vie), elle constitue un service bien identifié : l'imam de la mosquée est, comme le curé du village, une personnalité respectée et son sermon du vendredi, comme nos prêches d'autrefois, reste fort écouté. Il a souvent des implications politiques car l'application de la loi musulmane ne permet pas toujours de séparer le spirituel du temporel. L'influence de l'imam s'apparente, dans ce cas, à un pouvoir clérical.

Il peut même engendrer une théocratie comme le montre l'exemple iranien qui combine révolution islamique et cléricalisme chiite. Le chiisme est d'ailleurs souvent appelé « imamisme » car il insiste sur les pouvoirs surnaturels des cinq (pour les zaydites du Yémen), sept (pour les septimains ou ismaéliens, tels les disciples de l'Aga Khan) ou douze (duodécimains, majoritaires dans le chiisme irakien, iranien et pakistanais) imams. Ces imams, historiques ou légendaires, sont des intercesseurs entre les hommes et Dieu (comme les saints catholiques) et des guides infaillibles (comme le pape) pour les fidèles.

Leurs lointains successeurs actuels gardent un grand pouvoir théologique et politique : la Constitution iranienne donne officiellement un rôle privilégié aux religieux, qu'il s'agisse du chef de l'Etat (Guide Suprême) ou des membres d'organismes théocratiques (Conseil des gardiens, Assemblée des experts). La hiérarchie ecclésiastique est aussi complexe que celle du catholicisme : elle comprend les divers degrés de « maîtres » (*mollahs*), tels que *rowzékhans* (clercs de base), *waezs* (prédicateurs), *pichnamâzs* (dirigeants de la prière), *hodjatoleslams* (ceux qui prouvent l'islam) ainsi que les grades prestigieux des *mujtahids* (sources d'inspiration spirituelle) dont celui d'*ayatollah* (signe de Dieu).

Le cléricalisme est ici poussé à son comble car le chiisme (peut-être influencé par les mages zoroastriens) admet que des religieux aient des pouvoirs surnaturels : les mujtahids sont en relation avec l'Imam caché qui reviendra à la fin des temps comme les mystiques chrétiens sont en rapport direct avec Jésus-Christ. Inversement, le sunnisme limite les facultés d'interprétation du Coran par les religieux : l'imam sunnite jouit d'un savoir respectable mais n'a ni don particulier ni autorité de droit divin quelle que soit son influence morale. Dans le rôle plus ou moins charismatique confié aux clercs, le chiisme s'oppose au sunnisme comme le catholicisme au protestantisme (le primat de l'Ecriture réduit le rôle des ecclésiastiques) : chiisme et catholicisme accordent un rôle considérable et des pouvoirs surnaturels à leur clergé alors que sunnisme et protestantisme font de leurs ministres du culte des serviteurs de l'Ecriture.

Confession

« La confession est un sacrement catholique »

C'est, à la lettre, une idée juste et, en esprit, une idée fausse, car sous d'autres noms et d'autres modes, de nombreuses religions connaissent l'aveu des fautes. La confession n'est pas plus exclusivement catholique que la philosophie n'est uniquement grecque.

Il ne faut pas confondre la substance et l'apparence : si la baguette de pain est spécifiquement française, il y a du pain viennois ou chinois. De même, la confession transcende les frontières « confessionnelles » même si, dans l'imaginaire occidental, elle est liée à un homme, le prêtre, et à un édicule, le confessionnal, tous deux évocateurs de l'Eglise catholique.

Pourtant, l'Eglise anglicane (surtout dans sa branche de la High Church, théologiquement proche des catholiques) connaît la confession et le confessionnal : l'Eglise d'Angleterre a ainsi pu exporter jusqu'à l'île de Bornéo une pratique qui s'acclimate fort bien dans les civilisations et les mentalités les plus diverses.

D'ailleurs, depuis que le confessionnal a disparu de nos églises catholiques, on le voit réapparaître dans les églises cathodiques : *Loft Story* avait le sien et chaque radio a son « confesseur » ou sa « confesseuse » dont la première fut Ménie Grégoire, sœur de deux prêtres, les abbés Laurentin.

Car la confession n'a pas été inventée par le catholicisme ni même par le christianisme. L'aveu des fautes est contemporain de la distinction radicale du bien et du mal et l'un de ses plus anciens exemples se trouve dans le jaïnisme, religion indienne antérieure d'au moins sept siècles au christianisme.

Les fautes brèves (jugées moins graves) y sont avouées dans une confession quotidienne (à soi-même), et les fautes durables dans une confession trimestrielle ou une grande confession annuelle (à un ascète prescrivant une pénitence). A la différence du christianisme, le jaïnisme (qui se réfère à une transcendance diffuse et non à un Dieu agissant) n'accorde pas au confesseur le pouvoir de transmettre l'absolution de Dieu : la confession purifie le cœur et fortifie la vertu mais elle ne retire pas les fautes. Il n'y a pas de grâce de Dieu pour remettre à zéro le compteur des péchés ni d'absolution pour effacer le mauvais karma.

La confession bouddhique a également pour but de favoriser la prise de conscience des erreurs (sans pour autant les annuler) et de faciliter les corrections nécessaires à leur non-renouvellement. Dans le bouddhisme du Theravâda, deux fois par mois, tous les moines du monastère confessent publiquement leurs fautes avant la cérémonie de l'*uposathâ* ou « jeûne », ainsi nommée car, ce jour-là, on s'abstient de nourriture. Il s'agit d'une véritable pénitence précédant une liturgie communautaire (où les laïcs viennent en grand nombre), une confession de chacun pour le bien de tous. L'absence non excusée d'un moine n'est pas admise, de peur que sa faute ignorée (et non corrigée) ne souille le monastère.

Cette confession publique a des équivalents dans de nombreuses religions et doctrines. Dans le judaïsme, au jour du Grand Pardon (*Yom Kippour*), chacun confesse à haute voix ses manquements en disant : *Achamnou* (Nous avons péché). Cet examen de conscience à la fois collectif et individuel (institué probablement lors de l'Exil babylonien) marque l'entrée dans la nouvelle année de l'homme nouveau, libéré des liens du péché.

Dans le judaïsme (comme dans l'islam et le protestantisme non anglican), le pardon émane de la grâce de Dieu et ne peut être délégué à un confesseur. Toutefois, un conseiller spirituel peut aider à la prise de conscience de la faute méconnue et à la libération de la parole refoulée. Les aveux spectaculaires dans les grandes cérémonies des Eglises pentecôtistes ou « évangéliques », avec cris et larmes, s'inspirent de ces antiques « lamentations » et de ces pieuses « jérémiades » qui mesurent les malheurs d'un peuple à l'aune de son péché.

Dans le christianisme primitif, il ne faut pas confondre la confession pénitentielle avec la confession de foi qui était une formule dogmatique, un credo. La confession pénitentielle évoque plutôt la *confessio* du droit romain qui était la reconnaissance d'une dette ou d'une faute. Elle ne fut admise que très progressivement car les premiers chrétiens voyaient dans le sacrement du baptême l'unique source du pardon que certains postulants recevaient à l'agonie pour être sûrs de mourir en état de grâce. A partir du IVe siècle, le chrétien eut le droit de se confesser ouvertement une fois dans sa vie et devint ainsi « pécheur public » ou « pénitent » : cet état humiliant servira de précédent à l'instauration de l'autocritique chez les militants marxistes.

Au VIIe siècle, les moines irlandais inventèrent la confession individuelle (auriculaire) renouvelable, au contenu secret et aux peines codifiées dans des livres pénitentiels. Sans doute les religieux se méfiaient-ils de la délation et de l'exhibition inséparables des aveux publics. Le concile Vatican II opéra une synthèse entre les deux types de confessions en autorisant les cérémonies pénitentielles accompagnées éventuellement de la déclaration personnelle des fautes à un prêtre. La confession devient ainsi une démarche communautaire et un aveu individuel.

Il reste au moins une religion interdisant la confession des péchés à un tiers : celle des bahaïs, qui professent un syncrétisme entre islam, christianisme, judaïsme et zoroastrisme. Les bahaïs estiment que Dieu pardonne à qui il veut : le pouvoir de délier n'est pas transmissible à un prêtre. Mais nos contemporains l'ont parfois confié à un laïc, un psychanalyste, mot qui, en grec, signifie « celui qui délie l'âme ».

Culpabilité

« La culpabilité est une notion judéo-chrétienne »

Il faut se méfier des traits d'union. Parler de civilisation judéo-chrétienne, gréco-romaine ou indo-européenne, c'est évoquer un ensemble complexe et disparate mal synthétisé par un double adjectif. En l'occurrence, la culpabilité n'est pas une spécificité « judéo-chrétienne », d'autant que cette expression est ici prise à contresens.

Stricto sensu, le judéo-christianisme est la doctrine du groupe, minoritaire parmi les premiers chrétiens, resté fidèle à la loi judaïque. Le groupe majoritaire, dit helléno-chrétien, adopta les mœurs grecques ou romaines et refusa les prescriptions juives, notamment la circoncision.

Comme tous les minoritaires des partis et des Eglises, les judéo-chrétiens ont une histoire mal connue. Ces « mencheviks » dirigés par Jacques, le « frère du Seigneur », ont, contre les « bolcheviks » (majoritaires) de saint Paul, voulu observer à la fois la loi de Moïse et celle de Jésus dans un empire dominé par le droit romain. Le combat était perdu d'avance. Seuls les Ethiopiens, se disant descendants de la reine de Saba, ont pu, selon eux, être membres de l'Ancienne et de la Nouvelle Alliance car ils vivaient à l'extérieur des frontières de Rome puis de Byzance.

La civilisation chrétienne, telle qu'elle s'est développée depuis l'Assemblée de Jérusalem (en l'an 49 ou 50) où l'observation de la loi juive a été déclarée facultative, est donc une civilisation helléno-chrétienne ou romano-chrétienne. Elle a emprunté aux Grecs leur philosophie et aux Romains leur droit, demandant ainsi aux pires ennemis du peuple juif de lui fournir les moyens intellectuels et institutionnels de son rayonnement. Certes, pour les chrétiens, l'Ancien Testament fait toujours partie de la Révélation, contrairement à ce qu'affirmait, au IIe siècle, l'« hérésiarque » Montan. Mais il est clair que la culpabilité des chrétiens n'est pas forcément celle des juifs, que les premiers n'ont pas à se sentir coupables de manger du porc ni les seconds de ne pas faire carême.

Dans le judaïsme antique, le sentiment de culpabilité

peut être à la fois cause et conséquence de la multitude d'interdits formulés par les 613 commandements (*mitsvot*) formulés par la Torah auxquels s'ajoutent les obligations supplémentaires imposées par diverses écoles rabbiniques. Le Coran (sourate 4,160) affirme que Dieu interdit « même des choses pures » aux juifs en raison de leurs « transgressions ». On pourrait plutôt estimer que les exigences très nombreuses (notamment dans le domaine de la nourriture casher) multiplient les causes d'infraction et les motifs de culpabilité.

Quoi qu'il en soit, le juridisme de la Torah a surtout été un moyen, pour le peuple juif, de maintenir son identité en perfectionnant sa législation. De même que l'identité française ou allemande est aujourd'hui inséparable de législations nationales, difficilement compatibles avec une harmonisation européenne, l'identité juive fut préservée par des règles très strictes, souvent étrangères au droit commun proche-oriental puis grec ou romain.

Si les juifs orthodoxes perpétuent cette intransigeance, il serait excessif de considérer l'ensemble du judaïsme sous l'angle de l'observance détaillée de commandements et la totalité des juifs par rapport à un sentiment obsessionnel de culpabilité. Pour la sévérité de ses règles de pureté, le judaïsme n'a sans doute rien à envier à l'hindouisme. Mais bien qu'un brahmane se lave plusieurs fois les mains ou le corps au cours de cérémonies où tous les gestes liturgiques doivent être recommencés jusqu'à la perfection, on n'a jamais dit que le brahmanisme était la religion de la culpabilité.

Quand Freud considérait la religion comme un refoulement permanent et « la névrose obsessionnelle universelle de l'humanité » (évitant la névrose individuelle par le délire collectif), il visait toutes les religions : « Le sentiment de culpabilité émané d'une tentation qui ne s'éteint jamais, l'angoisse expectante sous forme de la peur des châtiments divins, nous avons appris à les reconnaître au domaine de la religion. » Qu'un juif se sente coupable de désobéir à la loi divine et un chrétien de participer au meurtre du Christ ne fait pas du « judéo-chrétien » un être à part. On pourrait aussi bien dire que la culpabilité est une notion singapourienne parce qu'un habitant de Singapour a toujours peur d'être en infraction avec les multiples lois de la cité-Etat interdisant de manger dans le métro et de mâcher du chewing-gum dans la rue. Le judaïsme n'a donc pas inventé la culpabilité mais il l'a mise en gestes : se frapper la poitrine exprime à la fois le repentir et la tristesse. La faute est douloureuse et le mal fait mal, tel est le sens moral de ce choc thoracique. Les catholiques le connaissent bien : lorsqu'ils récitent les prières de l'*Agnus Dei* ou du *Confiteor*, ils se frappent la poitrine. *Mea culpa, mea maxima culpa* : « c'est ma faute, c'est ma très grande faute », dont *je* me sens moins coupable quand *je* la reconnais. « Faute avouée, faute à demi pardonnée », dit la sagesse populaire.

Dalaï-Lama

« Le Dalaï-Lama est le pape du bouddhisme »

Cette affirmation est doublement fausse. D'abord, le pape est le « papa » des catholiques et ce mot enfantin, issu du grec *papas* (père), fut longtemps un terme d'affection à l'égard des évêques qui exercent une paternité spirituelle sur des chrétiens : les prêtres catholiques sont souvent appelés « pères » et les prêtres orthodoxes « popes », mot russe apparenté à « pape ».

Or, le bouddhisme ne valorise pas cette notion de paternité qui suppose un engendrement, même spirituel : puisque toute vie est douleur, sa transmission est théoriquement un malheur ou, du moins, un acte de la nature qu'on ne saurait exalter. Le *lama* (celui qui se tient plus haut) tibétain, équivalent du *gourou* (homme de poids) indien, exerce un ascendant moral sur ses disciples et non une autorité paternelle sur ses enfants : le lama est un maître et non un père.

Mais il est surtout mal fondé de comparer le pape du milliard de catholiques avec le Dalaï-Lama des six millions de bouddhistes tibétains. Mieux vaudrait rapprocher celui-ci de Sa Sainteté Chenouda III, pape d'Alexandrie et patriarche des six millions de coptes égyptiens. Si l'hôte du Vatican a autorité sur plus de la moitié des chrétiens du monde, son faux homologue tibétain n'a de pouvoir que sur deux pour cent des bouddhistes : les quatre-vingt-dix-huit pour cent restants ne sont pas plus liés au Dalaï-Lama que les catholiques ou les protestants à l'égard d'un patriarche maronite.

La comparaison avec le pape aurait été mieux fondée avant 1870 lorsque celui-ci régnait sur les Etats pontificaux et le Dalaï-Lama sur le Tibet : ils dirigeaient alors deux théocraties où le gouvernement des hommes s'exerçait au nom d'un Dieu (le pape est le « vicaire du Christ ») ou d'une divinité (le Dalaï-Lama est une incarnation d'Avalokiteshvara, bodhisattva de la miséricorde).

Jusqu'en 1959, date de son exil en Inde, le Dalaï-Lama tenait ses pouvoirs temporels sur tout le Tibet d'une décision (datant de 1642) de l'empereur mongol Gushri Khan, décision confirmée ultérieurement par les empereurs de Chine, vainqueurs des Mongols. Le nom de *Dalaï-Lama* (océan de sagesse), attribué, en 1578, par l'empereur mongol Altan Khan, est d'ailleurs un mélange de mongol (*dalaï*) et de tibétain (*lama*) attestant de son origine étrangère : les Tibétains préfèrent appeler traditionnellement leur chef spirituel *Kundun* (présence).

Mais le Dalaï-Lama n'a, aujourd'hui, plus d'autorité politique sur le Tibet. Il ne conserve donc que ses pouvoirs spirituels, lesquels sont limités à la plus importante des quatre écoles du bouddhisme tibétain (écoles correspondant partiellement à des zones géographiques), celle des *Gelugpa* (vertueux) ou Bonnets jaunes. Son rôle n'est donc pas celui d'un pape aux pouvoirs sans partage : il évoquerait plutôt celui d'un patriarche orthodoxe dirigeant une Eglise autocéphale, indépendante de ses voisines.

Pourquoi donc une comparaison aussi erronée ? La première cause est médiatique : on serait bien en peine de citer un seul autre nom de chef spirituel bouddhiste. Le bouddhisme s'est toujours méfié du prestige personnel des moines et son mode de désignation (à l'ancienneté) des responsables religieux ne favorise pas l'émergence de fortes personnalités : les « vénérables » sont d'autant moins connus que leur autorité se limite généralement à un monastère et qu'ils n'ont aucun pouvoir hiérarchique comparable à celui des évêques ou du pape. Or, le Dalaï-Lama ayant reçu, en 1989, le prix Nobel de la paix, dispose ainsi d'une célébrité mondiale qui manque à ses pairs.

La seconde cause est politique : le Dalaï-Lama incarne la résistance tibétaine à la domination chinoise et son rayonnement spirituel s'est accru au moment où son pouvoir temporel s'effondrait. Il en fut de même pour le pape qui, lorsqu'il perdit ses Etats en 1870, connut une grande popularité et bénéficia d'un ascendant moral sans précédent. On peut d'ailleurs se demander si le Dalaï-Lama, retrouvant son palais du Potala dans un Tibet « libéré », ne perdrait pas une grande part de son prestige.

La troisième cause est théologique : le Dalaï-Lama incarne le *Vajrayâna* (Véhicule de Diamant) qui, par ses pratiques ésotériques et sa liturgie haute en couleur, séduit beaucoup plus les Occidentaux que l'austère *Hînayâna* (Petit Véhicule) ou le très variable *Mahâyâna* (Grand Véhicule). Pour les Européens et les Américains, la religion tibétaine (qui comprend aussi des croyances animistes dites *bön*) se confond abusivement avec l'ensemble du bouddhisme. Et celui-ci a trouvé avec Tenzin Gyatso, Quatorzième Dalaï-Lama, un ambassadeur remarquable par son intelligence et sa finesse mais peu représentatif d'une religion aussi diverse que le bouddhisme.

Déclin

« Il y a de moins en moins de chrétiens dans le monde »

Parce qu'il y a moins de gens à la messe catholique ou au culte protestant dans les églises et les temples d'Europe, on en déduit un effondrement planétaire du christianisme : moins de « monde » dans ma paroisse, moins de chrétiens en ce bas monde.

Il y a là une confusion entre pratiquants et baptisés (les premiers diminuent plus vite que les seconds) et un amalgame entre l'évolution religieuse d'un continent et celle des quatre autres. Car, à l'échelle du globe, l'augmentation du nombre de baptisés suit fidèlement la croissance démographique mondiale. En l'an 2003, il y avait un peu moins d'un baptisé pour trois humains (1,9 milliard sur 6 milliards), soit la même proportion qu'en 1900 (0,5 milliard sur 1,6 milliard).

Si les convertis (parfois de force) furent nombreux à l'époque coloniale, les conversions ne jouent plus qu'un rôle secondaire depuis la décolonisation. Désormais, le nombre de baptisés dépend principalement du nombre d'enfants dans les familles chrétiennes : les baptêmes d'adultes représentent moins de 2 % du total des baptêmes catholiques et 5 % des baptêmes chrétiens et sont donc marginaux, sauf pour les baptistes (rejoints par d'autres Eglises protestantes) qui ne baptisent pas les enfants. Ce lien démographique explique en grande partie l'hostilité de nombreux responsables religieux (dont le pape) au contrôle des naissances.

Le rapport numérique entre catholiques et protestants n'a guère varié au cours du XXe siècle et se situe aux environs de deux : il y a un peu plus d'un milliard de catholiques et un demi-milliard de protestants. Mais ces derniers connaissent une véritable révolution intérieure avec le déclin des grandes Eglises historiques luthériennes, anglicanes et calvinistes, à la fois traditionnelles par leur apparence et modernes par leur doctrine. Elles sont concurrencées par de nouvelles Eglises « évangéliques », pentecôtistes ou indépendantes, souvent africaines, antillaises ou sud-américaines, novatrices par leur élan missionnaire et conservatrices par leur exégèse littérale. Ces nouvelles Eglises rivalisent avec le catholicisme, notamment en Amérique latine.

La seule confession chrétienne à avoir souffert du XXe siècle est l'orthodoxie qui, en Europe de l'Est, a été persécutée par le marxisme athée : un chrétien sur dix est aujourd'hui un orthodoxe contre un sur cinq en 1900. Et l'orthodoxie, implantée dans des pays sans empire colonial (Grèce ou Russie), n'a pu essaimer sur les cinq continents sauf à travers des groupes d'expatriés.

L'évolution géographique du christianisme est spectaculaire. En 1939, les quatre premiers pays catholiques du monde étaient tous européens : Allemagne (du Troisième Reich), Italie, France et Espagne. Aujourd'hui, ils sont américains (Brésil, Mexique, Etats-Unis) ou asiatique (Philippines). La France, ex-« fille aînée de l'Eglise », n'est plus que le sixième pays catholique, le cinquième étant l'Italie. Le deuxième pays protestant du monde est le... Nigeria (le protestantisme est d'ailleurs légèrement majoritaire chez les chrétiens d'Afrique) et la majorité des anglicans sont des Noirs (d'Afrique ou d'Amérique) alors que l'anglicanisme est une confession née d'un problème purement européen (le remariage du roi Henri VIII d'Angleterre refusé par le pape).

Ces nouveaux pays chrétiens témoignent d'une grande ferveur et la pratique hebdomadaire y est très élevée : les églises sont souvent trop petites pour contenir la foule et l'on retransmet parfois l'office dehors par haut-parleurs. L'image des églises désertées concerne surtout les pays de « vieille chrétienté ».

Reste à savoir si cet enthousiasme se maintiendra : la hausse des niveaux de vie et l'émergence des libertés publiques pourraient accroître le matérialisme et développer l'esprit critique au détriment des spiritualités traditionnelles et des Eglises institutionnelles. La Pologne, naguère groupée autour de ses prêtres défendant l'« âme du peuple », est en train de découvrir les plaisirs d'une société permissive et de négliger les devoirs d'une existence chrétienne. La perte d'influence des institutions catholiques est également impressionnante dans les grandes métropoles d'Amérique latine. Et toute « jeune Eglise » étant appelée à vieillir, on ne saurait tirer de conclusions durables des chiffres actuels. Ceux qui sont cités dans cet ouvrage ne sont d'ailleurs que des ordres de grandeur (tout comptage précis est impossible, voire interdit dans certains pays). Et les statistiques sont à interpréter avec prudence dans le domaine spirituel où l'on ne peut dénombrer l'innombrable ni quantifier l'irrationnel sans confondre les convictions intimes avec les croyances affichées.

« En province, il n'y a plus de chrétiens », écrivait Mme de Maintenon. « La foi est éteinte », ajoutait la princesse Palatine. « On compte Dieu pour rien », estimait Bossuet (*Pensées détachées*) dans la France de Louis XIV où presque tout le monde allait à la messe sans forcément la « suivre », tant la dissipation était grande à l'office divin. Selon la formule d'un curé parisien, la pratique religieuse des chrétiens de France (ou d'Europe) est devenue « moins nombreuse et plus sérieuse », ce qui invite à relativiser les comparaisons dans le temps et dans l'espace.

Déicide

« Jésus a été tué par les juifs »
« Jésus a été tué par les Romains »

L'inverse d'une idée à moitié fausse, c'est une demi-erreur. Pendant des siècles, les chrétiens ont vu les juifs comme un peuple déicide qu'ils ont persécuté. Après la Shoah, pour réhabiliter ces « perfides juifs », nombre d'auteurs trop bien intentionnés ont condamné les seuls Romains, nouveaux « méchants » sans défenseurs puisque leur civilisation a disparu.

Pas plus que leur victime, les meurtriers du « roi des juifs » n'ont droit à un procès équitable, ce qui laisse d'ailleurs mal augurer du sort du Christ s'il revenait un jour. Désigner un coupable est d'autant plus difficile qu'il n'existe aucun document officiel sur le procès de Jésus et que les témoignages des évangélistes ne sont pas des comptes rendus d'audiences, encore moins des pièces de procédure.

Et les commentateurs de procès célèbres ont parfois tendance à exagérer la valeur des preuves ou des indices afin de ne pas avouer l'impossibilité de reconstituer les événements. L'« affaire Jésus » a laissé encore moins de traces, son protagoniste n'étant, pour l'histoire profane, qu'un agitateur d'idées parmi les milliers qui trouvèrent la mort dans la Palestine de ce temps-là. Quant aux évangiles, ils sont trop postérieurs aux faits et trop empreints de jugements de valeur (parfois hostiles aux juifs et donc, indirectement, favorables aux Romains) pour qu'on s'y fie entièrement. Comment pourrait-on aujourd'hui réhabiliter Guillaume Seznec sur le seul témoignage de son petit-fils ? Ou condamner Gaston Dominici d'après les notes des amis de ses victimes publiées cinquante ans après l'affaire ?

Et les quatre récits de la Passion par les évangélistes sont souvent divergents. Matthieu est le seul à relater le suicide de Judas, Luc le seul à évoquer le « bon larron » à qui Jésus promet le paradis, Marc le seul à évoquer la fuite d'un jeune disciple (peut-être lui-même) tout nu, et Jean le seul à évoquer le coup de lance d'un soldat romain.

Mais ces divergences ne sont pas forcément des contradictions : quatre récits différents sont parfois plus sûrs qu'un seul récit jugé à tort définitif. La tragédie du Golgotha engendre aussi des narrations très subjectives. Qui vient arrêter Jésus ? « Une troupe », affirme Luc (22, 47) ; « une troupe armée d'épées et de bâtons, envoyée par les grands prêtres et les anciens du peuple », précise Matthieu (26, 47) suivi par Marc (14, 43) qui ajoute les « scribes » aux « anciens » ; « un corps de troupe et des gardes fournis par les grands prêtres et les pharisiens », répond Jean (18, 2). Mais ce corps de troupe était-il une cohorte romaine ou la milice (juive) du Temple ? Nul ne le sait, pas plus qu'on ne peut trancher entre les responsabilités des scribes, des anciens ou des pharisiens. L'hypothèse la plus probable réside en une action simultanée des notables juifs et des occupants romains.

Le procès est aussi mal connu que l'arrestation et on comprend mal le rôle respectif du roi juif Hérode Antipas, du grand prêtre Caïphe, du Sanhédrin (conseil des Anciens) et du préfet Ponce Pilate. Matthieu évoque « Caïphe, le grand prêtre » (Matthieu 26, 57), Jean « Anne, beau-père de Caïphe, le grand prêtre cette année-là » (Jean 18, 13) et Marc, le « grand prêtre » (Marc 14, 53) sans précision. Luc ne parle pas du grand prêtre mais il est le seul à faire comparaître Jésus devant Hérode (Luc 23, 6). Aucune exégèse sérieuse ne peut prétendre détenir la vérité quant à l'ordre de ces comparutions et à l'issue de ces instances. Pilate reconnaît expressément l'innocence de Jésus selon Luc (23, 4) et Jean (18, 38) mais pas selon Marc et Matthieu. Il aurait trouvé le mot de la fin en se demandant : « Qu'est-ce que la vérité ? » (Jean 18, 38). Mais Jean est le seul à mentionner cette interrogation.

Sauf découverte archéologique quasi miraculeuse, nous ne saurons jamais ce que fut précisément cette vérité, ni quelle est la part exacte de responsabilité de l'administration romaine et des institutions juives dans la mort de Jésus. En paraphrasant Guy Béart, nous pouvons seulement affirmer : « Le prophète a dit la vérité, il doit être exécuté. »

Dieu(x)

« Le bouddhisme est une religion sans dieu(x) »

Une religion athée pour une société post-moderne, tel est le rêve des Occidentaux revenus des idéologies et déçus par le christianisme. Ils pensent l'avoir trouvée dans le bouddhisme, né d'une Illumination intérieure (celle du Bouddha historique) et non d'une Révélation divine (comme celle du Dieu de la Bible).

On peut discuter cette opposition : la Révélation divine comporte une expérience intérieure (la prière, l'ascèse) et l'Illumination intérieure (la *bodhi*, d'où vient le nom du Bouddha) n'est pas fermée aux dieux. Le Bouddha n'a pas formellement rejeté le panthéon hindou même s'il a durement combattu ses prêtres, les brahmanes. Et le dieu suprême du védisme (la religion précédant l'hindouisme), Indra, est fréquemment évoqué dans les récits populaires (les *jâtaka*) des existences antérieures du Bouddha : on les voit sur les innombrables fresques des temples bouddhiques où sont parfois représentés les trente-trois dieux du panthéon hindou, considérés comme des protecteurs du bouddhisme.

Si l'on voulait vraiment trouver une religion athée, il serait logique de s'adresser au confucianisme. « Le Ciel ne parle pas », disait Confucius : c'est donc à l'homme seul de trouver sa voie, par sa sagesse et sa raison. Mais si le Ciel n'est pas un Dieu qui ordonne par des commandements, il est un Maître qui « ordonne » par des agencements pour que chacun soit à sa place. Et cette mise en ordre du monde justifie des rites dans des temples, voire des sacrifices au cours de cérémonies. Les disciples de Confucius comme ceux du Bouddha n'ont pu éviter de fonder une religion (ce sont eux les véritables fondateurs, non leur Maître) et celle-ci comporte une transcendance, un au-delà de l'humain qui est surnaturel.

Cette évolution est-elle contraire à l'enseignement du Bouddha historique ? Cet enseignement, comme celui de Jésus, ne nous est connu qu'à travers des Ecritures canoniques (la Triple Corbeille ou *Tripitaka* pour le bouddhisme, le Nouveau Testament pour le christianisme) et les paroles authentiques du Maître n'y sont pas sûrement restituées. La seule indication à peu près certaine concerne la grande indifférence du Bouddha dans le domaine métaphysique : « Soi et non-Soi, c'est pareil, Etre et non-Etre, c'est pareil », lit-on dans ses Sermons. Le sage indien pensait que l'homme devait d'abord apprivoiser ses douleurs sans se préoccuper de l'existence de l'âme et, donc, sans se soucier d'un principe invisible, peut-être guidé par les dieux. En cela, le Bouddha était plus agnostique qu'athée.

Il existait pourtant, à cette époque (VIe ou Ve siècle avant J.-C.), une philosophie matérialiste en Inde (voir athéisme*). Notamment, la doctrine du Samkhya niait l'existence d'un dieu créateur et voyait dans la diversité du monde un hasard heureux ou malheureux. Cette école des « sans-dieu » (*nirishvara*) voyait dans les divinités des fabrications humaines périssables mais aussi des croyances populaires à ménager. Elle a probablement influencé le Bouddha (et le Jina, fondateur du jaïnisme) qui, toutefois, semble avoir été moins radical : il présentait la question de Dieu sur le mode de l'impossible réponse et non de la négation définitive.

Du moins en est-il ainsi dans la plus ancienne forme de son message qui nous soit parvenue, celle de la « Doctrine des anciens » ou *Theravâda*, autre nom du Petit Véhicule ou *Hînayâna*. Mais une telle sobriété métaphysique ne pouvait satisfaire les foules avides de merveilleux et les trente-deux ciels bouddhiques n'ont pas tardé à se peupler de divinités, de même que le Bouddha lui-même était divinisé.

Le Grand Véhicule et le Véhicule de Diamant multiplièrent les êtres surnaturels avec les bodhisattvas célestes qui, tel Avalokiteshvara, assistent les humains. Et le bouddhisme tibétain, le plus connu des Occidentaux, comporte d'innombrables divinités qui, telles les Târâ (verte, blanche, jaune, rouge ou bleu), font « traverser » la vie en écartant les périls.

Il n'est pas étonnant que le gigantesque panthéon tibétain ait séduit un Occident en quête de sens, cherchant à dépasser la « mort de Dieu » nietzschéenne ou l'athéisme marxiste. Marx se référait d'ailleurs explicitement à une doctrine matérialiste de la Grèce antique, l'atomisme, pour laquelle le monde était formé d'atomes entourés de vide (voir athéisme*). Dans l'Inde antique aussi, tout un courant de pensée oscillait de l'athéisme à l'agnosticisme et le Bouddha était sans doute assez proche d'Epicure dans le refus de « craindre » les dieux, c'est-à-dire d'y croire et de s'y soumettre. En ce sens, le Bouddha prêchait probablement non pas une religion athée mais une doctrine ouverte s'adressant à des hommes et à des femmes venus de tous les horizons politiques et théologiques.

Excision

« L'excision des femmes musulmanes est une prescription de l'islam »

C'est, en principe, une double erreur. L'islam originel ne dit rien de l'excision qui est pratiquée également sur des femmes non musulmanes.

Il s'agit d'une confusion entre géographie et théologie car l'excision partielle (clitoridectomie) ou complète (infibulation des petites, voire des grandes lèvres) est pratiquée surtout dans les pays d'Afrique de l'Est ou de l'Ouest majoritairement musulmans. Mais cette pratique, également attestée en Asie, est antérieure à l'arrivée de l'islam dans ces régions et n'a aucun fondement coranique, même si le silence de nombreux responsables musulmans a pu entretenir la confusion.

Chrétiennes ou animistes, des femmes d'autres religions subissent les mêmes interventions que les prêtres, les pasteurs ou les sorciers n'ont jamais exigées sans pour autant toujours les dénoncer. L'excision relève de la tradition et non de la prescription. Les religions préférant généralement la tradition à la nouveauté se sont fort bien accommodées de cette pratique ancestrale. Les justifications de l'excision sont complexes et diffèrent d'une région à une autre. La première réside dans la peur d'une libido excessive qui pousserait la femme à tromper son mari. Le devin grec Tirésias affirmait déjà que la femme éprouve, dans l'amour, neuf fois plus de plaisir que l'homme. Cette comptabilité déplut à Héra qui frappa de cécité le voyant mais Zeus lui accorda le don de prophétie. Il est vrai que le roi des dieux avait assez d'épouses pour ne pas craindre leur infidélité. Cette peur de la jouissance féminine peut se réfugier dans des croyances magiques : les Bambara d'Afrique de l'Ouest craignaient de coucher avec une femme non excisée dont le « dard » clitoridien les tuerait.

Le pénis est une épée et le vagin un fourreau. Tel est l'ordre « naturel » qu'il faudrait rétablir en ôtant le fourreau de l'homme par la circoncision et l'épée de la femme par l'excision. Le parallélisme est kinesthésiquement faux puisque la première opération, à la différence de la seconde, ne perturbe pas le plaisir. Géographiquement, on peut diviser les ethnies africaines en trois groupes : certaines pratiquent circoncision et clitoridectomie, d'autres seulement la circoncision et d'autres uniquement la clitoridectomie. Théologiquement, le tableau est encore plus complexe : de même que la circoncision peut se pratiquer chez les animistes (souvent christianisés) et les musulmans, la carte de la clitoridectomie ne recouvre pas celle des religions.

Pourquoi chez les Yorouba du Nigeria enlève-t-on les prépuces et pas les clitoris mais chez les Gurunsi du Burkina Faso les clitoris mais pas les prépuces ? Les justifications relatives à l'hygiène (pour la circoncision) se mélangent à des rites initiatiques de passage à l'âge adulte. Que ces rites soient sacralisés par les religions ne signifie pas que les religions soient à l'origine des rites. De même qu'une messe pour la fête des moissons ne supprime pas l'origine non chrétienne de cette réjouissance, une danse pour l'excision ou la circoncision ne fait que masquer les fondements profanes de cette tradition.

Mais il est sûr que le combat des femmes africaines contre cette coutume est soutenu par leurs consœurs occidentalisées et par des milieux laïcisés, libérés de l'influence rétrograde de certains religieux, musulmans ou non. La lutte contre l'excision des fillettes, le mariage forcé, voire la polygamie illustre la montée des droits de la femme qui, comme naguère les droits de l'homme, se heurtent à une certaine indifférence, voire à une hostilité des religieux conservateurs. Et dans l'archipel des Moluques (Indonésie), de jeunes chrétiennes sont encore converties de force à l'islam et excisées tandis que leurs frères sont circoncis. C'est une aberration théologique et anatomique.

Expansion

« Le bouddhisme est une religion en expansion »

« La religion de l'avenir », « Le bouddhisme, religion du XXIe siècle ». Les titres-chocs de la presse oublient une réalité statistique : le bouddhisme est la seule grande religion au monde à avoir régressé au XXe siècle. Il y avait, en l'an 2000, environ 350 millions de bouddhistes dans le monde, soit à peu près le même chiffre qu'en 1900 alors que la population mondiale a été multipliée par quatre durant cette période. Et la proportion de bouddhistes par rapport aux chrétiens, aux musulmans et aux hindous a aussi été divisée par quatre ou cinq. Si ces chiffres ne sont que des approximations (les bouddhistes pratiquent généralement une autre religion : animisme, taoïsme, shintoïsme, etc.), la tendance à la baisse n'est pas douteuse.

Pareil déclin n'a guère d'équivalent dans l'histoire des religions asiatiques et s'explique en partie par l'irruption du marxisme en Chine et en Indochine dans la seconde moitié du XXe siècle : le bouddhisme fut méprisé, voire persécuté derrière le « rideau de bambou » comme l'orthodoxie derrière le « rideau de fer ». L'athéisme officiel demeure le principal adversaire des religions et, s'il suscite quelques martyrs, il provoque beaucoup de reniements ou d'accommodements avec la doctrine officielle.

Mais cette explication n'est pas suffisante : le catholicisme polonais s'est bien maintenu face au communisme en incarnant la résistance nationale comme, d'ailleurs, le bouddhisme tibétain ou laotien. Le premier appartenant au Véhicule de Diamant et le second au Petit Véhicule, il semble que les différences théologiques importent peu dans le comportement du bouddhisme face à un régime hostile. Sans doute le déclin du bouddhisme en Chine est-il lié à la fois à la durée de vie du système persécuteur et au fait que le bouddhisme, religion importée de l'Inde et mélangée au taoïsme, au confucianisme et au culte des ancêtres, n'a jamais pu apparaître comme la principale alternative nationale et spirituelle au matérialisme de la société marxiste.

Il est vrai qu'on assiste aujourd'hui à un certain renouveau du bouddhisme en Chine et au Vietnam où des monastères ont rouvert leurs portes et où se pressent novices et fidèles. Comme les titres boursiers fortement décotés, le bouddhisme serait alors une valeur « massacrée » amorçant sa remontée. Il lui faudra cependant relever un nouveau défi, celui du capitalisme effréné des « dragons » asiatiques qui concurrence la morale ascétique d'une religion fondée sur le détachement des plaisirs et les donations aux monastères. Déjà, en Thaïlande, où se côtoient prostituées et moines-mendiants, pagodes et gratte-ciel, l'influence de la religion recule et l'image du Bouddha jeûneur ne fait plus recette dans les fast-foods de Bangkok.

Le bouddhisme est-il donc en expansion ou en régression ? La réponse n'a peut-être guère de sens pour une religion au contenu doctrinal variable et adaptable aux diverses cultures. Comment évaluer le nombre de disciples du Bouddha au Japon alors que la plupart des Japonais fréquentent les temples shintoïstes pour les mariages et les monastères bouddhistes pour les cérémonies funéraires ? Et comment classer les adeptes chinois du Falungong, cette « méthode de la Roue de la Loi » étant un syncrétisme de taoïsme et de bouddhisme ?

La seule certitude actuelle est que 98 % de bouddhistes vivent en Asie. Bien que professant une doctrine universelle et n'étant lié à aucun peuple particulier, le bouddhisme n'a que très peu touché les autres continents. Et comme, depuis près d'un millénaire, il a presque disparu de son immense pays d'origine, l'Inde, son expansion numérique est forcément limitée. Historiquement, le principal concurrent du bouddhisme a été, non pas le christianisme ni l'islam, mais l'hindouisme. On l'oublie trop souvent : pour un bouddhiste dans le monde, il y a deux hindous.

Moins d'un bouddhiste sur vingt appartient au Véhicule de Diamant (représenté surtout dans les pays himalayens) et les autres se répartissent par moitié entre le Petit Véhicule et le Grand Véhicule. Le premier est surtout représenté en Indochine (Thaïlande, Birmanie, Cambodge, Laos et sud du Vietnam) ou au Sri Lanka, et le second en Extrême-Orient (Japon, Chine, Corée). Compte tenu de l'importance démographique relative de ces pays, le principal « réservoir » de croyants se trouve dans l'ancien empire du Milieu : si tous les Chinois étaient bouddhistes, le bouddhisme serait la première religion du monde, ex-æquo avec le christianisme. L'avenir du bouddhisme se joue probablement plus en Chine qu'en Occident.

France et bouddhisme

« Il y a deux millions de bouddhistes en France »

« Deux millions de bouddhistes en France », titrait un hebdomadaire. « Cinq millions de Français se disent proches du bouddhisme », ajoutait son concurrent. Cette surenchère médiatique contraste avec la prudence des spécialistes : sociologue du bouddhisme, Frédéric Lenoir estime de cent mille à cent cinquante mille le nombre de Français de naissance « proches » du bouddhisme.

Le chiffre de deux millions de protestants était naguère cité par les médias alors que les réformés français sont, au plus, sept cent mille. Faut-il appliquer le même coefficient réducteur aux disciples du Bouddha ?

C'est probable mais il est difficile d'être précis. Car la grande majorité des bouddhistes résidant en France sont issus de l'immigration chinoise et indochinoise dont l'ampleur exacte est mal connue comme le montre l'exemple des clandestins chinois. De plus, de nombreux Asiatiques (notamment des Vietnamiens) étaient déjà chrétiens dans leur pays d'origine et d'autres se sont convertis lors de leur arrivée en France. Comme pour mieux brouiller les pistes, certains ont choisi un prénom chrétien tout en restant bouddhistes. Et les mariages mixtes entre bouddhistes et catholiques modifient l'identité religieuse des immigrants.

On ne naît pas bouddhiste, on le devient par une « prise de refuge » dans le Bouddha, le Dharma (sa doctrine) et le Sangha (la communauté des fidèles). Or, nul ne sait exactement quel est le pourcentage d'immigrés de la deuxième génération ayant accompli ce geste : certains n'appartiennent à aucune religion tout en ayant des parents bouddhistes. L'âge de ceux-ci tend à augmenter, et le bouddhisme en France, comme le christianisme, est une religion qui « vieillit ».

C'est aussi une religion assez diverse, avec une majorité vietnamienne liée au Grand Véhicule et une minorité laotienne ou cambodgienne au Petit Véhicule. Les communautés asiatiques ont donc apporté en Europe (et aux Etats-Unis) leurs traditions et leurs divisions bouddhistes comme les communautés proche-orientales (arménienne, copte, maronite) leurs traditions et leurs divisions chrétiennes.

Quant aux Français de souche convertis au bouddhisme, ils seraient non pas deux millions mais cent fois moins : à peine vingt mille personnes, généralement d'âge moyen (on se convertit rarement avant trente-cinq ans) et de statut social plutôt élevé. Ils ont majoritairement adopté la forme du bouddhisme la plus minoritaire en Asie : le Vajrayâna ou Véhicule de Diamant, importé du Tibet. Il y a donc un énorme contraste entre les communautés asiatiques un peu vieillissantes et assez discrètes pratiquant la religion de leurs ancêtres et les Européens fraîchement convertis manifestant leur foi de manière plus ostensible : il y a cinquante bouddhistes d'origine asiatique pour un Français de naissance mais c'est celui-ci qui intéresse les médias.

Et ils n'ont pas entièrement tort. Car si la conversion au bouddhisme demeure, en Europe comme aux Etats-Unis, un phénomène rare et récent, elle témoigne d'un intérêt réel et massif pour les religions extrême-orientales : parmi les émissions religieuses télévisées du dimanche matin, *Les Voix bouddhistes* sont l'une des plus suivies. Il n'est donc pas toujours facile de distinguer entre l'appartenance et la proximité : de nombreuses personnes « proches » du bouddhisme n'ont aucun désir de se « convertir » (la notion de conversion leur évoque une religion trop exclusive) tout en adhérant à certaines croyances comme la spirale des renaissances ou à certaines pratiques comme la méditation. L'irruption du bouddhisme dans le paysage des spiritualités occidentales est donc un phénomène majeur de notre histoire religieuse.

Mais où fixer les frontières du bouddhisme ? Les moines chrétiens méditent durant des heures sans être, pour autant, des disciples du Bouddha, comme des moniales bénédictines font du yoga sans être hindoues.

A la stricte observance du culte imposé, nos contemporains préfèrent souvent l'éclectisme d'une religion à la carte. Les statisticiens ne peuvent donc plus tenir à jour des graphiques de la foi avec leurs colonnes de croyants, d'autant que les spiritualités extrême-orientales sont particulièrement rebelles aux classifications.

Où peut-on situer le zen qui a séduit nombre d'Occidentaux ? Bien qu'issu du bouddhisme, il s'en distingue radicalement en donnant un rôle secondaire aux Ecritures bouddhiques. Où classer spirituellement le million de licenciés sportifs français qui pratiquent les arts martiaux ? On peut aimer les films de kung-fu sans rien connaître au bouddhisme, même si cette discipline est inséparable du monastère chinois de Shaolin qui l'a vue naître. Et Djamel Bouras, médaille d'or de judo aux Jeux Olympiques d'Atlanta, s'est toujours présenté comme un bon musulman alors que son sport a été créé, en 1882, à Tokyo, dans le temple bouddhique Eihô-ji.

Il est vrai qu'on peut être champion olympique sans rendre un culte à Zeus, ce qui eût été impossible dans les Jeux de l'Antiquité. Et l'on peut admirer la sérénité du bouddhisme sans rendre un culte au Bouddha, ce qu'il avait d'ailleurs interdit à ses disciples.

Génocide

« L'extermination des juifs est le crime du XXe siècle »

C'est un crime abominable mais il ne date pas du XXe siècle. Si le génocide des juifs est une honte de l'époque moderne, il a au moins un équivalent dans l'histoire ancienne. L'oublier pour mieux préserver le caractère unique de la Shoah ou, au contraire, pour minimiser la haine des juifs est une grave erreur.

Car tous les clichés sur la barbarie du XXe siècle, le goulag stalinien et les camps hitlériens, laissent croire que le totalitarisme est une idée neuve et que le monde contemporain a le monopole de l'horreur. Mais les temps actuels n'ont rien inventé. Ils ont seulement mis la technique au service de la mort. Les chambres à gaz n'existaient pas sous le règne d'Auguste mais des milliers d'épées ont produit le même résultat, moins planifié mais presque aussi efficace.

Selon la Bible, l'hostilité à l'égard des juifs est vieille comme l'histoire sainte. Elle commence avec la servitude des Hébreux en Egypte où Pharaon les asservit avec brutalité et transforme les chantiers de travaux publics en camps de concentration. Elle se poursuit avec l'Exil à Babylone, première déportation du peuple juif. Si, dans les deux cas, il ne s'agit pas de meurtres systématiques, la Bible présente ces deux épisodes tragiques comme remplis de morts et de deuils. Le mot même de *shoah* sert à décrire ces destructions portées par la main de l'homme mais perçues comme venant de Dieu en châtiment des péchés d'Israël. Si la rareté des documents historiques (notamment égyptiens) invite à la prudence dans l'interprétation de ces faits, leur caractère douloureux et meurtrier ne fait guère de doute.

Un pas de plus est franchi vers 170 avant J.-C. quand le roi hellénisé Antiochus IV Epiphane veut supprimer le judaïsme en interdisant toute pratique cultuelle. La résistance héroïque des frères Maccabées est si sanglante que leur nom devint, dans l'argot des carabins (étudiants en médecine), synonyme de cadavres.

Un degré supplémentaire dans l'horreur est atteint au Ier siècle après J.-C. avec ce que l'historien Flavius Josèphe appelle la « guerre des Juifs ». Ceux-ci se révoltèrent contre les occupants romains qu'ils avaient imprudemment appelés en Palestine pour contrer l'influence grecque. La répression des légions romaines, assistées par des populations locales (notamment syriennes), s'avéra terrible : la chasse aux juifs fut lancée et de véritables pogroms firent des centaines de milliers de morts.

Si le chiffre total des pertes juives est controversé, il n'est pas exagéré d'évoquer une tentative de génocide qui avait d'ailleurs un précédent romain avec la terrible guerre des Gaules. En 70 après J.-C., le Temple et la ville de Jérusalem furent rasés et, en l'an 132, la révolte de Bar Kokheba provoqua une nouvelle vague d'exécutions de partisans et de destructions de villages au point que la Judée devint un pays de « désolation », en hébreu de *shoah*. Et la majorité des juifs survivants quitta la terre d'Israël pour n'y revenir que dix-neuf siècles plus tard.

Durant cette période de « dispersion » (*diaspora*), les persécutions ne manquèrent pas, de la part de musulmans ou, surtout, de chrétiens. Mais aucune n'eut l'intensité de la répression romaine. Celle-ci est largement oubliée par les manuels d'histoire qui, célébrant les grandeurs de la civilisation gréco-romaine, ne mentionnent guère le sort atroce de leurs victimes, promises aux oubliettes des vaincus de l'Histoire.

Si l'antijudaïsme exterminateur a de si lointaines racines, c'est qu'il est indissociable des antiques coutumes du peuple juif, incompatibles avec les pratiques « idolâtres » des autres nations et les lois étrangères des vastes empires. Celui de Rome eut à combattre des révoltes de juifs en Egypte, en Libye ou à Chypre : du sabbat à la circoncision et de la Torah au dieu unique, tout opposait les fils d'Abraham aux enfants de Romulus.

Redonner au génocide des juifs sa dimension ancienne, c'est aussi rappeler les liens de l'idéologie et de l'esthétique fascistes avec l'Antiquité gréco-romaine. Le Troisième Reich se voulait une nouvelle Rome jusque dans l'architecture prétentieuse du « nouveau Berlin » d'Albert Speer. L'archaïsme de l'art et de la pensée ne pouvait que renouer avec un conflit bimillénaire, amplifié par les fractures idéologiques et les crises économiques du XXe siècle. Ainsi furent ravivées les vieilles haines sous les braises chaudes de l'Histoire dont les brûlures ont un large spectre. Car, d'après le Deutéronome (ch.20), Dieu ordonna à Israël en guerre de frapper « tous les hommes au tranchant de l'épée » voire de « ne laisser subsister aucun être vivant ». C'était déjà un vœu de génocide.

Guérisons

« Jésus guérissait les malades »

C'est une idée aussi ambiguë que le concept de guérison. Il serait mieux fondé de dire : « Jésus soignait le mal-être » ou « Jésus sauvait les pécheurs ». Car le même terme grec signifie soigner, guérir ou sauver d'une maladie organique, d'une faiblesse morale (le péché) ou d'un désordre mental (la possession « diabolique »).

Le verbe *thérapeuein*, utilisé 43 fois dans le Nouveau Testament (surtout dans les évangiles de Matthieu et de Luc), veut dire d'abord « soigner » ou « servir ». Il s'agit de s'occuper de quelqu'un (ou de quelque chose), de l'entourer de sollicitude, de traiter ses troubles et, éventuellement, d'y porter remède. Car le thérapeute grec était plus serviteur que guérisseur. Il prenait soin du corps d'un homme ou de l'autel d'un dieu, était garde-malade ou sacristain, auxiliaire médical ou assistant liturgique.

L'Epître aux Hébreux (3, 5) fait même de Moïse et de Jésus les « thérapontes » de la maison d'Israël. Ces thérapontes étaient, chez Homère, les écuyers aidant un cavalier à revêtir son armure et, donc, à se protéger des blessures. Dans la Bible, ils deviennent les serviteurs de Dieu et de l'Etat d'Israël. Dans le Nouveau Testament, le rôle thérapeutique de Jésus est plutôt celui de serviteur de l'Homme et de protecteur des faibles.

Au temps du Christ, il y avait deux sortes de maladies : les unes régressaient spontanément et les autres s'aggravaient inexorablement. L'efficacité de la médecine étant alors très faible, celle de la religion ne pouvait être moindre. Entre le salut de l'âme et la santé du corps, s'établissait une fragile relation qu'un bon thérapeute cherchait à fortifier.

Guérir et sauver ne sont souvent, dans les évangiles, qu'un seul acte rendu par un même verbe (*sôzein*) : conserver quelqu'un sain et sauf, c'est le préserver d'une issue fatale (la mort) et d'un danger moral (le péché). « Va, ta foi t'a sauvé », dit Jésus aux malades qui le supplient. Suggestion ou placebo, hystérie ou psychosomatisme, magie ou miracle, il n'est pas facile de se prononcer et Jésus est lui-même exaspéré par cette quête de merveilleux : « Si vous ne voyez signes et prodiges, vous ne croirez donc jamais ! » (Jean 5, 48).

La femme souffrant d'hémorragies « avait dépensé tout son avoir en médecins et aucun n'avait pu la guérir » (Luc 8, 43), reconnaît le docteur Luc. En un instant, Jésus la guérit. Les médecins des évangiles n'étaient guère plus doués que ceux de Molière : « Médecin, guéris-toi toi-même » (Luc 4, 23), affirme un dicton cité par Jésus selon ce praticien désabusé qu'aurait été le troisième évangéliste. Et Jésus ne sera pas capable de se guérir ni de se sauver sur la Croix, comme le lui reprochent les chefs du peuple (Luc 23, 35).

Comme un médecin est mortel, un messie est vulnérable. Ce souci de partager la condition humaine jusque dans ses blessures et son agonie fait du Christ un être souffrant dans la douleur du monde. Refusant l'apathie des stoïciens comme le dolorisme des ascètes, il partage la joie des vivants et la peine des malades.

Mais il revendique un pouvoir de guérir qui lui vient

de l'Esprit et s'exprime par sa bouche. Les mots guérissent les maux : « Seigneur, je ne suis pas digne de te recevoir, mais dis seulement une parole et je serai guéri. » Avant de communier, les catholiques prononcent cette phrase du centurion romain (Luc 7, 6) qui atteste la force agissante de la formule sacrée.

Ici, la médecine de Jésus n'est pas celle d'Hippocrate qui, le premier dans le monde occidental, attribua des causes purement naturelles aux maladies et refusa le secours des divinités dans le traitement du mal. Jésus expulse des démons car il est plus fort qu'eux, lui qui descendit aux enfers, allant « prêcher même aux esprits en prison » (1 Pierre 3, 19).

Les progrès de la médecine nous rendent moins dépendants de ces exorcismes et seules quelques sectes croient encore aux victoires contre Belzébuth. Mais les « miracles » de la médecine sont parfois aussi ambigus que ceux des évangiles : de nouvelles maladies apparaissent que la science ne guérit pas. Mieux vaut donc ne pas trop sourire du paralytique qui prend son grabat et marche (Luc 5, 24).

La méthode empirique de Jésus est double. Elle emprunte à la catharsis et à la maïeutique. Par la première elle est une purification du corps et de l'âme (grâce au jeûne et à la prière) et par la seconde un accouchement de la vérité intérieure de chacun. Jésus prescrit aux malades d'aller se purifier au Temple et d'invoquer l'Esprit de Dieu tout en révélant à ses interlocuteurs leur vie la plus intime, y compris les cinq maris de la Samaritaine (Jean 4, 18).

La catharsis (hippocratique) et la maïeutique (socratique) sont les deux références antiques de la psychanalyse freudienne. Elles sont également présentes, spirituellement, dans la thérapeutique chrétienne. Les paroles de Jésus s'adressent à l'homme souffrant qui a besoin de ce message transmis de siècle en siècle :

« Et s'il reste recru d'angoisse et de fatigue
Qu'on redise pour lui les mots de guérison »
(Yves Bonnefoy).

Image (islam)

« Le Coran interdit les images »

Cet interdit ne figure pas explicitement dans le Coran et son respect fut assez variable dans l'histoire de l'islam.

Le Coran condamne comme des abominations « les intoxicants, le jeu de hasard, les stèles, les flèches divinatrices » (5, 90) et affirme que prendre des idoles pour des dieux est une « erreur manifeste » (6, 74). Cette condamnation des cultes idolâtres (les stèles pouvant évoquer un culte des pierres dressées) n'est pas une prohibition de l'art figuratif. Celle-ci émane de *hadiths* (dits) du Prophète affirmant qu'au jour du Jugement dernier, on demandera au sculpteur d'insuffler la vie à ses idoles. Et comme il ne le pourra pas, il sera damné, promis à la mort éternelle. Comme Michel-Ange adjurant son Moïse de parler, l'artiste supplie son œuvre de prendre vie mais il échoue car seul Dieu crée l'homme : les autres « créateurs » doivent donc éviter les représentations d'êtres animés mais, selon les interprétations libérales des *hadiths*, ils peuvent reproduire des végétaux et des paysages. Et les lettres ornées, les arabesques, sont de véritables dessins, des écritures imagées.

Ces *hadiths* mis par écrit au VIIIe siècle après J.-C., époque des grandes querelles iconoclastes déchirant la chrétienté. Les tendances « aniconiques » (sans icônes) des diverses religions monothéistes (christianisme, islam, judaïsme, manichéisme) se sont mutuellement renforcées car elles ont un même fondement doctrinal : le Dieu unique est inimaginable et, donc, irreprésentable alors que les autres dieux sont des fictions dont les images doivent être effacées. Comme les révolutions politiques renversent les statues des héros des régimes précédents, les révolutions théologiques brisent les idoles des cultes défunts.

Le contexte politique des divers iconoclasmes religieux est pourtant très hétérogène. Dans le christianisme byzantin, des empereurs firent la chasse aux images pieuses, concurrentes de leurs effigies marquant les monnaies. Dans la société islamique, où le pouvoir profane était beaucoup plus divisé et où le pouvoir religieux se méfiait des monarques (l'islam naissant s'est construit contre deux empereurs, ceux de Perse et de Byzance), l'interdit des images a été plus global, visant les dieux et les hommes, les humains et les animaux.

Mais n'étant pas directement coranique, cet interdit ne pouvait avoir une valeur absolue. Déjà, construit entre 707 et 715 après J.-C., le château jordanien de Qasr Amra contenait de nombreuses peintures avec des scènes de chasse ou d'amour. Les palais et les hammams, lieux des fantasmes et des rêveries, furent les réserves privilégiées d'images défendues. Et les miniatures persanes illustrèrent la résistance des civilisations non arabes à l'iconoclasme musulman.

La confusion entre image et idole s'aggrava quand les musulmans arabes, turcs ou mongols envahirent l'Inde et détruisirent des milliers de temples hindous remplis de statues de dieux avec leurs animaux-supports et de peintures illustrant l'épopée du Râmâyana. Ce fut probablement l'une des deux plus grandes destructions monumentales de l'histoire de l'humanité avec l'anéantissement des temples chinois et tibétains par les gardes rouges de Mao.

Faut-il voir dans ce rapprochement plus qu'une coïncidence et y reconnaître l'éternel combat entre une vérité unique et des images plurielles qui éparpillent les croyances et disséminent les hommages ? On pourrait alors comparer l'islam au calvinisme qui, en interdisant le culte des saints, détruisit statues, vitraux et tableaux des églises catholiques. Opposer le livre saint (Bible ou Coran) aux images pieuses reviendrait à préférer l'inspiration unique (celle de Dieu) à l'imagination multiforme (celle des cultes annexes et de leurs innombrables légendes).

Cette opposition doit être nuancée. Le védisme était polythéiste et aniconique : on n'a pas retrouvé, en Inde, la moindre statue antique d'Indra ou de Varuna. En ce pays, la sculpture a été probablement introduite par l'art indo-grec du Gandhara qui représente des Bouddhas sous les traits d'éphèbes ou de guerriers iraniens. Le bouddhisme est la religion la plus riche en « idoles » aussi bien dans le Petit Véhicule (sans divinités) que dans le Grand Véhicule (avec des divinités multiples). En s'acharnant depuis plusieurs siècles contre les Bouddhas afghans de Bamiyan, les islamistes s'en prennent à un art qui peut s'interpréter dans un sens aussi bien athée que polythéiste, selon le statut plus ou moins humain ou divin que l'on reconnaît au Bouddha.

Il n'y a donc pas d'explication unique à l'iconoclasme. L'islam a, non sans débat, autorisé la photographie et le cinéma, tout en maintenant sa méfiance voire ses interdits sur la peinture et la sculpture. Cette différence est peu logique car chaque forme d'art a ses atouts et ses dangers pour la foi. Si l'image « imagine », la photo restitue et se borne au réel sans toucher au mystère ni cerner l'invisible : s'il y a de nombreux tableaux mettant en scène Adam et Eve, on n'a jamais vu aucune photo du paradis.

L'islam accepte les arts modernes lorsque la décence est préservée : ce qui est impie, c'est alors moins l'image que sa perversion, et les musulmans se retrouvent alors aux côtés des chrétiens et des hindous pour dénoncer l'image impudique et promouvoir l'image édifiante par le canal des médias religieux.

Les éditeurs catholiques belges en ont fait autant voici trois quarts de siècle en popularisant le genre littéraire de la bande dessinée, version moderne du missel enluminé ou du vitrail pédagogique. En pieux fidèle des bons pères acquis aux vertus de l'image, le capitaine Haddock lance son injure favorite : « Iconoclastes ! »

Image (judaïsme)

« La Bible interdit les images »

Opposer l'image et l'écrit est la tentation millénaire des théologiens et des historiens des religions. L'exercice est d'autant plus curieux qu'en Mésopotamie, en Egypte comme en Chine, l'écriture est née du dessin : la plupart des graphismes du monde dérivent de pictogrammes, parfois nommés hiéroglyphes, expression conférant un caractère sacré (*hiéros*) abusif aux figurines dessinées : l'écriture égyptienne est pleine de petits oiseaux dont certains représentent des dieux (le faucon Horus) et dont d'autres sont profanes (la caille note le son *ou*).

Si l'on veut mépriser la religion d'autrui, il peut être tentant de condamner ses images, de calomnier ses « idoles » pour censurer son dieu, quitte à s'en prendre à des représentations assez peu religieuses. Au-dessus du village palestinien d'Abu Gosh, lieu supposé de l'apparition de Jésus à ses disciples d'Emmaüs, un fan d'Elvis Presley a construit un restaurant-musée à la gloire de son « idole », statufiée et photographiée dans de nombreuses poses. Peut-on dire que ces images engendrent un culte ? Faut-il comparer Elvis à Jésus ? Les posters de sportifs et de chanteurs font-ils des teenagers des idolâtres ? Comment distinguer la figure religieuse de l'effigie profane ?

La réponse à ces questions n'est pas simple et, dans le doute, les juifs de l'Antiquité (peut-être dès l'époque des Hébreux) ont préféré interdire tout art pictural, sacré ou profane, quitte à jeter le bon grain des chefs-d'œuvre avec l'ivraie de la pacotille. L'homme est à l'image du Dieu unique dont on ne voit pas la face (Exode 33, 20) et il ne faut donc pas montrer la face d'un homme. Quant aux autres dieux, inexistants, leur donner une apparence serait leur prêter vie. On doit donc démolir leur visage comme Moïse brisa le veau d'or, rival des Tables de la Loi, l'« écriture de Dieu ». Le Seigneur « efface du livre » les adorateurs d'images, ces mauvais élèves qui préfèrent danser autour d'une statue plutôt que de bûcher leur code civil et pénal.

Véridique ou légendaire, cette histoire a un sens : un petit peuple comme Israël pensait ne pouvoir subsister que par un travail intellectuel et une défense identitaire interdisant tout rival à l'écrit et tout égal à Dieu. L'écrit est sacré et l'image est maudite : « Tu ne feras pas d'idole, ni rien qui ait la forme de ce qui se trouve au ciel là-haut, sur terre ici-bas ou dans les eaux sous la terre » (Exode 20, 4). L'image est une distraction séduisante et l'écrit une instruction édifiante.

Reste à interpréter ce commandement qui semble faire de toute forme une idole, de toute image un blasphème. Le vocabulaire hébreu ne facilite pas la tâche, les deux mots pour image (*tsèlèm*) et idole (*pèsèl*) évoquant une œuvre taillée, façonnée. On peut y inclure la sculpture mais aussi toute gravure sur pierre (bas-reliefs), voire tous les hiéroglyphes, ces écritures gravées et imagées. Cette interprétation extensive semble n'avoir jamais été parfaitement admise puisque l'Arche d'alliance et le Temple de Salomon étaient ornés de chérubins (êtres célestes portant des ailes) sculptés en bois ou en pierre.

Durant l'époque hellénistique, l'interprétation de

l'ordre divin fut encore plus libérale : on interdit les sculptures mais on autorisa largement les peintures et les mosaïques représentant des scènes bibliques ou figurant des dieux païens : le dieu solaire Hélios était ainsi présent sur une mosaïque de la synagogue de Hammat Tibériade. Ces transgressions permettaient d'intégrer l'art « païen » à la civilisation juive et de ne pas dépayser les prosélytes (païens convertis au judaïsme). Cette acculturation du judaïsme en milieu grec avait une dimension théologique et Hélios pouvait être perçu comme le symbole de l'astre suprême et du Dieu unique.

L'interdit biblique fut ultérieurement observé avec plus ou moins de rigueur selon les écoles rabbiniques. Dans la grande synagogue (moderne) de Jérusalem, des vitraux représentent des parties du corps humain (comme les mains tenant les Tables de la Loi) mais pas le corps entier ni le visage, comme dans l'Occident chrétien, jusqu'au xe siècle, on symbolisait la présence de Dieu le Père par un œil ou une main mais jamais par son visage. Dans une religion qui, à la différence du christianisme, n'a pas de Dieu fait homme ni d'Esprit incarné dans une chair, il importe de bien marquer la distance entre le spirituel et le corporel.

Mais le monde juif n'est pas uniquement orthodoxe. Il sait apprécier la peinture et des juifs jouent un rôle important dans l'univers de l'art, en tant qu'artistes, mécènes, collectionneurs ou galeristes. Des noms comme Chagall, Fabius, Guggenheim ou Rothschild sont inséparables de la création, de la conservation, de la restauration et des transactions relatives aux œuvres d'art. L'interdit biblique des images sacrées a d'ailleurs pu renforcer l'intérêt pour l'art profane. C'est ainsi que les fidèles d'une religion réputée iconoclaste ont pu ouvrir tant de musées prestigieux, véritables cathédrales de l'image.

Immaculée Conception

« L'Immaculée Conception est la conception miraculeuse de Jésus »

C'est une double erreur riche de sens. L'Immaculée Conception ne concerne pas Jésus puisqu'elle s'applique à Marie dont la conception fut, de plus, tout aussi charnelle que celle de tous les humains. Mais cette confusion entre la mère et le fils fut largement entretenue par un culte de la Vierge mariolâtre et œdipien.

L'Immaculée Conception est l'absence de péché dont aurait bénéficié la mère de Jésus depuis l'instant de sa conception par un homme et une femme que les évangiles canoniques ignorent mais que les évangiles apocryphes (notamment le protévangile de Jacques) nomment Anne et Joachim. Jésus a donc eu des grands-parents maternels.

Pourquoi déclarer sans péché un embryon ? Parce que la future Marie devait être le « vase très pur », le « ventre béni » du Sauveur à venir. La croyance en l'Immaculée Conception s'est donc progressivement répandue dans la chrétienté et sa fête (le 8 décembre, neuf mois avant le 8 septembre, fête de la naissance de Marie) est attestée au VIIe siècle dans l'Eglise d'Orient et au XIIIe siècle dans celle d'Occident.

Cette croyance a une logique : si la faute morale est contagieuse (le « mauvais exemple »), l'absence de péché est héréditaire. Et comme Jésus est réputé semblable aux hommes en toutes choses, excepté le péché, il semble normal que sa génitrice bénéficie d'une semblable exemption pour que le fruit de ses entrailles ne soit pas contaminé.

Le vocabulaire de la définition pontificale de l'Immaculée Conception (bulle *Ineffabilis Deus* de Pie IX du 8 décembre 1854) évoque celui de l'immunologie : Marie est « préservée intacte » (*praeservatam immunem*) « de toute souillure du péché originel ». En une époque où naissait la microbiologie et où apparaissaient les premiers vaccins (que le pape Léon XII interdit dans les Etats pontificaux en tant qu'invention diabolique), cette formulation insiste sur la finalité préventive de cette conception privilégiée : le mal n'avait pu être inoculé à celle qui ne fit que le bien et mit au monde le vainqueur du mal.

Si le péché est contagieux, ne serait-il pas transmissible par l'engendrement naturel ? La confusion entre l'Immaculée Conception de Marie et la naissance virginale de Jésus vient de ce rapprochement hâtif : puisque Jésus a été « conçu du Saint-Esprit », sa conception est bien immaculée. Les théologiens répondront qu'elle est miraculeuse et pas seulement immaculée, mais cette distinction n'est guère convaincante : l'absence de péché est déjà un miracle (« une grâce et une faveur singulière du Dieu Tout-Puissant », selon la définition pontificale). Les croyances populaires ont donc amalgamé les conceptions de Marie et de Jésus qui n'auraient pas été « maculées » par le sperme de l'homme et le plaisir du couple. Tels seraient les motifs de cette exemption du péché originel*. La Vierge Marie risque alors d'être confondue avec une déesse, chaste et puissante comme Diane ou Athéna, et, poussée à l'extrême, la dévotion mariale renoue avec le polythéisme antique. En 1857, l'archevêque de Paris, Mgr Sibour, fut ainsi assassiné, à la sortie de l'église Saint-Etienne-du-Mont, par un prêtre hostile à l'Immaculée Conception et criant : « Pas de déesse ! »

Ce reproche est (pacifiquement) adressé par les protestants aux catholiques qui auraient divinisé Marie, la « reine du ciel » (*Regina coeli*), et affaibli Jésus, l'unique vainqueur du péché. Il serait aussi absurde de voir de l'immaculé dans la mère de Jésus que du génie dans celle d'Einstein. Marie, pour la majorité des théologiens protestants, est une femme admirable mais non parfaite, comblée de grâce mais soumise au mal. Elle n'est donc pas exempte du péché.

Les orthodoxes ont généralement une dévotion à l'égard de l'Immaculée Conception de Marie comme de son Assomption ou Dormition par laquelle son corps aurait été préservé de la corruption et élevé au ciel. Mais ils ne font pas de cette pieuse tradition un article du dogme et n'admettent pas que le pape ait défini une « vérité » ignorée des premiers conciles.

Le principal enjeu de l'Immaculée Conception est donc d'ordre œcuménique. En « déclarant, prononçant et définissant » cette doctrine, Pie IX inaugurait le règne de l'Infaillibilité pontificale, dogme défini seulement en 1870 (lors du concile Vatican I) et utilisé par Pie XII (en 1950) pour l'Assomption, autre privilège marial. Ni les protestants ni les orthodoxes ne peuvent admettre cette alliance mystique de la mère de Jésus et du « vicaire du Christ », de la Vierge couronnée et du « trône de Pierre ».

La foi populaire n'en a cure et l'Immaculée Conception a été plébiscitée par les foules de Lourdes puisque Bernadette Soubirous aurait entendu, le 25 mars 1858, la Vierge Marie lui dire : *Que soy era immaculada counceptioun*. Ces mots du patois bigourdan ont attiré des millions de fidèles plus sûrement que la solennelle définition du magistère apostolique.

Juif

« On naît juif, on ne le devient pas »

C'est assez juste sur une génération et presque faux sur des millénaires. Si la conversion au judaïsme est très difficile, il est douteux que le judaïsme se soit transmis depuis l'Antiquité sans aucun métissage : des non-juifs se sont donc introduits dans des familles juives et ont été assimilés par elles ; inversement, des juifs ont été assimilés par des familles chrétiennes ou musulmanes.

Comme l'hindouisme et l'islam, le judaïsme se reçoit, en principe, à la naissance. Tout enfant de juifs est juif alors que tout enfant de chrétiens ou de bouddhistes n'est pas chrétien ou bouddhiste : il lui faut passer par la cérémonie du baptême dans le Christ ou de la prise de refuge dans le Bouddha. Une religion héréditaire, transmise automatiquement, a l'avantage de ne jamais se perdre tant qu'il y a des enfants et l'inconvénient de ne pas se pérenniser par un acte volontaire, réaffirmant l'identité religieuse des parents (faisant baptiser leurs enfants) ou affirmant celle des adultes (choisissant eux-mêmes leur religion).

L'hindouisme et l'islam se transmettent, normalement, par le père, chef de famille dont l'autorité patriarcale s'étend au domaine spirituel : dans l'hindouisme, le maître de maison accomplit les rites domestiques, et dans l'islam, le chef de prière (*imam*) est obligatoirement un homme. Le mariage avec une non-hindoue ou une non-musulmane n'est donc pas impossible dès lors que la mariée accepte que les enfants soient élevés dans la religion de son mari.

Au contraire, le judaïsme se transmet traditionnellement par la mère, celle-ci jouant un rôle majeur dans l'éducation du petit enfant, surtout si le père est inconnu ou incertain. Cette transmission matrilinéaire insiste donc sur la relation mère-enfant, essentiellement orale, alors que la transmission patrilinéaire musulmane ou hindouiste privilégie l'apprentissage des écritures (coraniques ou brahmaniques).

Il est donc paradoxal de voir la religion de la Loi écrite, la Torah, choisir l'option maternelle alors même que la fonction enseignante est principalement masculine (à l'école rabbinique) et que le rappel de la Loi est une tâche essentiellement paternelle, du moins si l'on suit les enseignements de la psychanalyse freudienne et lacanienne. Actuellement, le judaïsme libéral préfère insister sur la transmission parentale (et pas seulement maternelle) du judaïsme, en montrant que la religion de l'enfant est issue d'un couple dont la fécondité charnelle et spirituelle ne saurait être divisée.

Les autorités rabbiniques sont, notamment en France où le judaïsme libéral est très minoritaire, réticentes à l'idée d'accueillir des non-juifs : la conversion est donc une démarche difficile et exceptionnelle. Alors qu'on peut devenir musulman en cinq minutes (il suffit de prononcer la formule de profession de foi devant deux témoins), il faut plusieurs années d'efforts et d'études pour devenir juif.

La crainte de la dissolution de l'identité juive n'est certes pas nouvelle et il a fallu se méfier des métissages pour maintenir l'intégrité de la Loi mosaïque face aux tentatives d'assimilation égyptiennes, babyloniennes, grecques, romaines, chrétiennes, musulmanes, etc. Mais toute règle a ses exceptions et la loi du retour (des juifs) en Israël a été interprétée libéralement, le judaïsme de certains immigrants d'Europe centrale, d'Amérique (Black Hebrews), voire d'Ethiopie (Falachas) n'étant pas accepté par tous les rabbins.

La méfiance du judaïsme à l'égard des conversions possède une dimension patrimoniale : comme l'hindouisme est la religion des occupants de la terre indienne (la « mère-Inde »), le judaïsme est la religion des antiques occupants de la Terre promise. Les enfants d'Israël ne peuvent partager cet héritage avec des étrangers à leur famille. La diaspora n'a pas oublié le caractère familial (tribal si l'on songe aux douze tribus d'Israël) de la foi des patriarches mais elle a parfois élargi le cercle de famille et certains peuples (tels les Khazars du sud de la Russie) se sont convertis au judaïsme.

En admettant les immigrés au culte du Dieu unique (Lévitique 22, 18), l'Israël antique refusait déjà de pratiquer une religion réservée aux seuls enfants de la fratrie, descendants d'un seul Père (Abraham) alors que les cultes des cités grecques et romaines n'étaient accessibles qu'aux gens ayant déjà des relations à la fois familiales et citoyennes. De nombreux immigrés en profitèrent et « l'émigré aussi bien que l'indigène » (Josué 8, 33) participa aux sacrifices et écouta la lecture de la Loi. De plus, les mariages mixtes multiplièrent les occasions de conversions d'hommes et de femmes (les « juifs de choix ») et de réception des enfants dans la religion d'Israël, même si le risque était grand de voir le mouvement s'inverser et les fils d'Israël s'adonner aux cultes idolâtres. Parmi les enfants des sept cents épouses (étrangères pour la plupart) et des trois cents concubines attribuées à Salomon (I Rois 11, 3), il est douteux qu'aucun fils de non-juive ne soit devenu juif.

Enfin, le mot même de *prosélyte* (nouveau venu) désignait, dans l'Antiquité, les « païens » convertis au judaïsme. Les conversions étaient même assez nombreuses dans les milieux hellénisés du Proche-Orient. Le judaïsme, s'il ne fait pas de prosélytisme (il ne cherche pas à convertir puisqu'il n'est pas une religion missionnaire), a toujours eu ses prosélytes. Le dernier chantre de ce métissage judéo-grec est Georges Moustaki : « Avec ma gueule de métèque, de juif errant, de pâtre grec... nous ferons de chaque jour toute une éternité d'amour. »

Kâma Sûtra

« Le Kâma Sûtra est la bible du sexe »

Ce n'est pas une idée fausse : c'est une idée délirante et raisonnable. Délirante pour qui ne conçoit pas le sexe dans un livre saint. Raisonnable pour qui n'oppose pas érotisme et mystique.

Le judaïsme a, lui aussi, son livre érotique, le Cantique des cantiques. Mais il est beaucoup plus pudique, surtout dans ses traductions édulcorées, que le Kâma Sûtra, rempli de descriptions de rapports sexuels. Si le Cantique a été, non sans difficultés, intégré au canon biblique, le Kâma n'a pas le même caractère officiel et de nombreux hindous, même adeptes du tantrisme*, ne lui reconnaissent pas de valeur spirituelle.

Ecrit en sanskrit vers le IVe siècle après J.-C. par un certain Vâtsyâyana et inspiré probablement par des traditions antérieures, c'est l'œuvre d'un brahmane. Il s'appuie sur les lois du Manou (le code moral hindou), se réclame du dieu Shiva, Seigneur de la Création et Maître du Linga (phallus), et s'adresse à des citadins prospères aux mœurs raffinées. Le Kâma Sûtra est ainsi un traité d'harmonie entre le devoir (*dharma*), l'amour (*kâma*) et la richesse (*artha*). Il ignore le quatrième bien auquel aspire l'homme hindou, le *moksha* (délivrance), c'est-à-dire la fin du cycle des réincarnations. Le Kâma est le livre épicurien du bonheur présent de celui qui ne croit pas en une vie à venir et ne souhaite pas une mort précoce, car « la durée de la vie humaine, quand elle n'est point abrégée par les accidents, est d'un siècle ».

Les Occidentaux ont souvent vu dans le Kâma Sûtra un ouvrage licencieux pimenté de miniatures coquines. Traduit en anglais en 1883 par un explorateur britannique à la vie sexuelle bien remplie, Richard Burton, le traité exotique semblait décrire les mœurs torrides des pays chauds. Un livre circulant sous le manteau ne pouvait être que sulfureux, les bibliothèques mettant à l'« enfer » ce guide du septième ciel.

Une lecture plus attentive est moins émoustillante : « On doit se marier dans sa caste, avec une vierge bien apparentée, riche, noble, belle, et qui a au moins trois ans de moins que soi. » En bon brahmane, Vâtsyâyana associe les commandements divins aux hiérarchies sociales et les plaisirs de l'amour aux devoirs de la caste comme aux intérêts de la famille. Les mésalliances sont interdites et la relation avec une femme de statut inférieur est admise « seulement pour le plaisir ». L'idéal demeure un mariage entre égaux pour obtenir une descendance légitime et une « bonne réputation ».

On est loin du manuel de débauche, d'autant que la société indienne admet le recours aux courtisanes pour préserver la pudeur des épouses comme la société chrétienne a toléré les maisons closes pour protéger le foyer conjugal. A l'extérieur du domicile familial, la liberté est grande et « l'union simultanée avec plusieurs femmes s'appelle l'union avec un troupeau de vaches ».

Mais, différence essentielle avec la morale chrétienne, les pratiques sexuelles varient selon le niveau social. Le « brahmane instruit » ne doit pas promener sa langue sur l'intimité de sa femme alors que, pour le même acte, « les esclaves et les conducteurs d'éléphants n'ont pas à redouter la honte ». Les serviteurs peuvent offrir leur bouche au sexe de leur maître et les servantes à celui de leur maîtresse mais l'inverse est prohibé. Il faut réserver aux classes inférieures les pratiques dégradantes et la plus basse est la sodomie, très prisée par les « gens du sud », ces populations dravidiennes conquises par les Aryens et aussi méprisées par eux que les Arabes par les Européens. Quant aux homosexuels, ils sont confondus avec les eunuques.

Ce savant mélange de tolérance et d'inhibition, de plaisirs raffinés et d'élitisme social associe l'économie des plaisirs à l'anatomie des amants. Les frictions du *linga* dans la *yoni* dépendent de la dimension des sexes et de l'épaisseur des portefeuilles. Selon la taille de leurs verges, les hommes sont lièvres, taureaux ou étalons et selon la largeur de leurs vulves, les femmes sont gazelles, juments ou éléphantes. Mais les femmes faciles sont divisées en huit classes et la simple soubrette n'est jamais confondue avec la prostituée de luxe. Celle-ci doit employer ses gains à « bâtir des temples » et à « donner mille vaches aux brahmanes ». La tradition bouddhiste connaît aussi l'histoire d'Amrapâlî, la courtisane dont la nuit valait cinquante écus et qui offrit au Bouddha le Jardin des Mangues où il édifia un monastère.

Le Kâma Sûtra contient également un catéchisme des courtisanes qui réserve une place spéciale aux *devadâsî*, « servantes du dieu » et partenaires de ses prêtres. Ces danseuses sacrées, préfigurations terrestres des *apsarâs* ou nymphes célestes, sont à la fois tentatrices des ascètes et récompenses des dévots. Comme si la lubricité était à la fois une faute et une grâce. Le Kâma Sûtra est bien la bible du sexe, mais une bible qui ferait de la séduction un charisme et de la volupté une béatitude.

Laïcité

« La France est un pays laïque »

C'est de moins en moins vrai. La France fut la patrie de la laïcité (un mot qu'elle inventa) mais cette laïcité décline subrepticement : l'Etat subventionne directement ou indirectement les religions, principalement l'Eglise catholique. Qu'on s'en félicite ou qu'on le déplore, il faut se plonger dans les documents budgétaires (les « bleus » de la loi de finances) pour mesurer l'importance de cette évolution.

« Laïcité » est un terme ambigu et difficilement traduisible qu'on rend, en anglais, par *secularism*, lui-même issu du vieux français : « séculariser » est un synonyme de « laïciser ». « Laïcité » vient du grec *laos*, désignant la foule des guerriers ou des habitants, conduits par un chef militaire ou civil. Jésus aimait ces foules beaucoup plus que les prêtres, et le Nouveau Testament utilise 142 fois le mot *laos*. En un sens, le premier des laïcs fut le Christ, même si le christianisme a développé un puissant clergé. En Inde aussi, luttant contre le pouvoir clérical des brahmanes, le Bouddha fut un laïc convaincu, même si le bouddhisme est devenu la religion la plus cléricale du monde avec ses millions de moines.

La France fut le premier grand pays à pratiquer une laïcité de combat, inspirée par l'anticléricalisme plus que par la neutralité idéologique. A la fin du XIXe siècle, la « fille aînée de l'Eglise » adopta plusieurs lois dirigées contre les congrégations, notamment enseignantes. La loi du 9 décembre 1905 instaura une séparation complète entre les Eglises et l'Etat. Cette législation influença la Constitution mexicaine en 1917, voire la Constitution turque de 1923 : pour supprimer les écoles catholiques ou coraniques et lutter contre le pouvoir des clergés au sein de l'Etat, les législateurs se référaient à l'exemple français.

Que reste-t-il de cette laïcité « à la française » ? En réintégrant l'Alsace-Moselle dans la République, le traité de Versailles lui porta un premier coup puisque le gouvernement français n'osa y abroger le Concordat entre Bonaparte et le pape Pie VII (ainsi que les articles organiques le complétant), texte maintenu en vigueur par Bismarck. Curieusement, les départements recouvrés sont probablement ceux dans lesquels les subventions aux institutions religieuses sont les plus faibles : l'enseignement catholique y est peu développé puisque l'instruction religieuse fait partie des programmes des écoles publiques.

Or, les subventions de l'Etat à l'enseignement privé sous contrat, presque entièrement catholique à l'exception du petit réseau d'écoles juives, constituent la principale entorse à la laïcité rigoureuse. En 2004, la rémunération des personnels enseignants se montait à près de 6 milliards d'euros, auxquels on doit additionner environ 1 milliard de contributions de l'Etat (« forfait d'externat ») au fonctionnement des établissements. Il faut encore ajouter 1/2 milliard pour l'enseignement agricole privé ainsi que diverses subventions pour l'enseignement supérieur privé (instituts catholiques).

L'Etat prend également en charge le déficit du régime d'assurance maladie et d'assurance vieillesse des cultes. Il subventionne la restauration de nombreuses églises ou cathédrales au titre de la législation sur les monuments historiques. Les collectivités locales apportent aussi leur contribution à la restauration des églises construites avant 1905 ou à l'entretien des écoles privées. Au total, les contribuables français auront versé environ 8 milliards d'euros pour la rémunération du personnel et l'entretien des bâtiments d'organismes religieux.

Cette somme représente environ 15 % du montant de l'impôt sur le revenu (hors CSG). Elle semble, à système fiscal comparable, à peu près équivalente à l'impôt ecclésiastique allemand (10 % de l'impôt sur le revenu). La France laïque se montre donc aussi généreuse pour les Eglises que l'Allemagne, pays où les cultes sont officiellement reconnus et subventionnés.

Certes, la plupart de ces dépenses sont justifiées et il serait irresponsable de proposer leur suppression : la scolarisation de tous les enfants s'impose à l'Etat, quel que soit le statut de l'école ; l'aide à l'entretien des monuments historiques est inéluctable pour éviter leur ruine, qu'il s'agisse de pavillons de chasse ou de cloîtres monastiques. Il en est de même pour les subventions aux régimes sociaux déficitaires, des ministres du culte comme des marins pêcheurs. Il n'en demeure pas moins que la collectivité nationale finance largement des congrégations religieuses ou des institutions cultuelles en subventionnant leurs activités ou leurs infrastructures.

Le problème est maintenant de savoir si certaines de ces aides doivent être accordées à la religion musulmane qui souffre de ses divisions internes, de sa dépendance à l'égard des pays arabes et de la faiblesse des revenus de ses membres. Une même législation est-elle applicable à la mosquée de Mantes-la-Jolie et à la paroisse Saint-Pierre-de-Chaillot ? La laïcité « ouverte » exige un traitement équitable à l'égard de tous les cultes. Mais ceux-ci peuvent-ils être financés par les impôts des agnostiques ou des athées ? L'évolution de la notion de laïcité et de la géographie religieuse exigera probablement un difficile débat public sur cette question. Dans cette attente, on peut seulement constater que la France n'est plus tout à fait laïque.

Livre

« Le judaïsme, le christianisme et l'islam sont les religions du Livre »

C'est une triple erreur. D'autres religions possèdent un Livre sacré et ces trois-là ne se réfèrent pas au même ouvrage qui, d'ailleurs, est une œuvre souvent plurielle. Le christianisme n'est pas la religion de l'Evangile mais de quatre évangiles (cinq si l'on suit saint Paul qui appelle ses épîtres « mon évangile »). Et la Bible est un mot grec pluriel (*ta biblia*) signifiant « les livres ». Seul le Coran mériterait ce singulier, encore qu'on y décèle des influences de la Bible et des évangiles : il s'agit donc d'un ouvrage de synthèse, d'une réinterprétation de plusieurs messages par un homme qui ne savait peut-être pas lire : Mohammed. Cette tendance à l'unité se retrouve dans le nom qu'après la conquête arabe les musulmans donnaient aux juifs et aux chrétiens : les « gens du Livre ».

Le judaïsme est la religion de vingt-quatre petits recueils : « les livres » (*ha-sefarim*) forment une bibliothèque hétéroclite où l'on trouve des chants d'amour (Cantique des cantiques), des chroniques d'histoire (livres des Rois), des écrits de sagesse (l'Ecclésiaste), des livres inspirés (les Prophètes) et, surtout, cinq recueils dits de la Loi (Torah). Celle-ci a, pour les juifs, une valeur supérieure au contenu des autres livres alors que le christianisme accorde la même valeur canonique à l'ensemble de ces ouvrages qu'il nomme Ancien Testament.

Celui-ci possède une annexe sous la forme de textes supplémentaires rédigés en grec. Ces deutérocanoniques forment un « deuxième canon » reçu officiellement par les catholiques et les orthodoxes et dont les juifs et les protestants, sans reconnaître son autorité de livre « révélé », admettent l'importance théologique. Dans l'ensemble, chrétiens et juifs affirment donc le caractère sacré ou, du moins, vénérable d'un même ensemble de textes « vétéro-testamentaires » alors que les juifs ne croient pas du tout que le Nouveau Testament soit un livre inspiré par Dieu. Quant aux musulmans, ils estiment que juifs et chrétiens ont déformé dans leurs livres saints la révélation des messages de Dieu que seul le Coran restitue dans son intégrité. Et comme juifs et chrétiens ne croient pas en l'inspiration divine du Coran, il est injustifié de dire que les religions se réclamant d'Abraham sont celles du Livre.

Le statut de l'Ecriture sainte diffère d'ailleurs dans ces confessions. Les juifs estiment que la Révélation contenue dans les livres bibliques a son complément indispensable dans les commentaires ou « études » (*talmuds*) édités à Jérusalem (en fait près du lac de Tibériade) et à Babylone vers le ve siècle après J.-C. Les protestants pensent que l'Ecriture se suffit à elle-même (*sola scriptura*) alors que les orthodoxes y ajoutent la Tradition (des Pères de l'Eglise) et les catholiques le Magistère (du pape et de l'Eglise). Les musulmans complètent le Coran par les « dits » (*hadiths*), recueils de paroles du prophète Mahomet. Et puisque ni Moïse ni Jésus ni Mahomet n'ont jamais écrit eux-mêmes la moindre ligne, les « religions du Livre » sont surtout des religions de la Parole recueillie et transmise par l'oral puis par l'écrit.

Bouddha non plus n'a jamais pris la plume ou le calame, d'autant que l'écriture n'existait probablement pas en Inde à son époque (VIe ou Ve siècle avant J.-C.). Mais les successeurs de ses disciples ont rempli tant de feuilles de palmier pour noter ses sermons que le bouddhisme est devenu, par excellence, la religion de l'Ecriture. Le canon bouddhique dans sa version la plus courte (celle du Theravâda, la Doctrine des Anciens), comporte environ quinze mille pages, soit sept fois la Bible. Le canon du Grand Véhicule (Mahâyâna) compte près de cent mille pages, deux fois moins que celui du bouddhisme tibétain. Le principal problème du bouddhisme réside même dans cette profusion de livres, souvent répétitifs, qu'il est impossible de connaître intégralement sans y consacrer sa vie en se faisant moine. Notons d'ailleurs que la multitude de peintures et de sculptures dans le bouddhisme n'empêche pas un recours aux livres au moins aussi important que dans l'islam ou le judaïsme, religions en principe iconoclastes. L'image n'a donc pas gêné l'écrit.

On ne sait pas si Confucius a beaucoup manié le pinceau lui-même et son « livre » le plus connu est un recueil d'entretiens, genre littéraire aujourd'hui fort décrié et réservé aux auteurs pressés mais qui fut l'exercice favori des philosophes antiques de la Grèce à la Chine. Le confucianisme devint une véritable religion des livres avec son « culte du diplôme » qui honorait les lauréats des concours impériaux, tous notés sur leurs connaissances des six « classiques » attribués à Confucius et à ses disciples.

Depuis que l'écriture s'est répandue sur toute la terre, toutes les religions ont des livres saints et les ethnologues occidentaux en ont fourni aux tribus animistes en notant les paroles sacrées de leurs cultes. Même les religions ou philosophies ésotériques, soucieuses de ne pas divulguer ce qui leur a été révélé, ont fini par avoir recours aux copistes et aux imprimeurs : les Druzes ont leurs livres de la sagesse et les rituels maçonniques ont fait l'objet de nombreuses publications.

Mais s'il faut désigner la religion du Livre par excellence, la palme revient au sikhisme. Ce syncrétisme de l'islam et de l'hindouisme, apparu en Inde au XVIe siècle, a son livre saint, le *Guru Granth Sahib* (Seigneur Maître Livre). Honoré comme un gourou humain, il est déposé sur un trône dans les temples et lu parfois jour et nuit par les fidèles, hommes et femmes. Il compte obligatoirement mille quatre cent trente pages, psalmodiées par le lecteur qui, au-dessus du précieux texte, agite un chasse-mouches.

Milliard

« Avec un milliard trois cent millions de fidèles, l'islam est la première religion du monde »

C'est une affirmation souvent reprise par la presse, y compris la presse religieuse, et jamais justifiée par des chiffres sérieux. On compte, en l'an 2004, environ 1,3 milliard de musulmans contre 1,9 milliard de chrétiens. L'islam est donc la seconde religion du monde, la troisième étant l'hindouisme avec à peu près 850 millions de fidèles.

Il est cependant vrai que l'islam progresse un peu plus vite que les deux autres principales religions. Durant le XXe siècle, les musulmans sont devenus cinq fois plus nombreux alors que le nombre d'hindous a été multiplié par quatre et celui des chrétiens par trois et demi. Cette progression n'est due que très marginalement à des conversions (surtout en Afrique centrale) et s'explique surtout par la forte natalité des pays musulmans, presque tous assez pauvres. Dans les conférences internationales, les représentants des Etats musulmans font souvent cause commune avec le délégué du Vatican pour s'opposer au contrôle des naissances.

L'islam va-t-il donc submerger le monde ? Cette crainte est largement motivée par l'arrivée, en Europe de l'Ouest et en Amérique du Nord, d'une importante population immigrée musulmane, concentrée dans quelques grandes villes. Parce qu'il y a trois millions de Français d'origine maghrébine, un réflexe identitaire, voire xénophobe a pu laisser croire à une « invasion islamiste » en faisant oublier que tous ces immigrés ne pratiquent pas leur religion et que l'islam était déjà la seconde religion en France avant 1962 lorsque l'Algérie faisait partie du territoire national. Et dans l'« empire français » de 1939, il y avait trente millions de musulmans.

La progression mondiale de l'islam est un phénomène non pas occidental mais extrême-oriental. Car les quatre premiers pays musulmans du monde (l'Indonésie, le Pakistan, le Bangladesh et l'Inde) sont tous situés en Asie du Sud ou du Sud-Est. Plus d'un musulman sur deux vit à l'est du fleuve Indus et se tourne vers l'occident pour faire sa prière en direction de La Mecque.

L'islam menace moins la « civilisation chrétienne » qu'il n'affronte les sociétés hindouistes et bouddhistes. Quand les talibans afghans bombardent les bouddhas géants de Bamiyan dans une région qui fut tour à tour zoroastrienne, bouddhiste puis musulmane, ils montrent à quel point le continent asiatique a toujours été traversé par des courants religieux antagonistes. Comme il concentre 60 % de la population mondiale, c'est bien d'abord sur ses terres que se joue l'avenir de l'islam.

Le Maghreb (en arabe « Occident ») est numériquement dépassé, le Maroc étant le dixième pays musulman du monde et l'Algérie le onzième. Quant à la disparition de l'Union soviétique, où vivaient cinquante millions de disciples du Prophète, elle a disséminé les musulmans de l'« empire éclaté » sur des petites Républiques sans grand rayonnement international. La principale faiblesse géopolitique du monde musulman est d'ailleurs son absence de grande puissance économique et technologique susceptible de dépasser les clivages théologiques et d'arbitrer les conflits ethniques.

Le taux élevé de natalité, l'arme des pauvres, reste donc la principale force de l'islam, d'autant que la surpopulation engendre des flux migratoires. L'islam sera-t-il un jour la première religion du monde ? Au rythme actuel de progression des deux confessions, il lui faudrait au moins deux siècles pour dépasser le christianisme. Mais les prévisions démographiques sont rarement confirmées par les faits.

Et les modes de calcul pourraient être remis en cause. Actuellement, tout enfant de musulman est réputé musulman, quelles que soient ses croyances et pratiques : on naît musulman (par son père) sans que ni l'enfant ni les parents n'aient besoin de justifier cette appartenance par un acte volontaire tel que le baptême chrétien ou l'« entrée dans le courant » bouddhiste. Dans les pays majoritairement chrétiens, on recense des « athées » ou des personnes « sans religion », notions inconnues dans les Etats musulmans où l'on suppose la foi unanime. Un jour viendra où la liberté de conscience imposera des méthodes de mesure plus respectueuses des choix individuels. Et il faudra reprendre cette course (bien discutable) au titre de première religion du monde sans doper les statistiques.

Moïse

« Moïse était juif »

C'est le type même de l'anachronisme : Moïse aurait été juif comme Jésus était chrétien. Or, Jésus était juif et pas encore chrétien, Moïse hébreu et pas encore juif.

Jésus était juif, circoncis au huitième jour, étudiant la Torah, fréquentant le Temple et prêchant dans les synagogues. C'était un juif dissident mais non un chrétien, puisque ce mot ne sera créé qu'après sa mort, peut-être à Antioche, pour désigner ses disciples.

Moïse n'était pas juif puisque ce terme n'existait pas à l'époque supposée de sa vie (XIIIe siècle avant J.-C.). Un juif était un habitant de la tribu (après l'arrivée en Terre promise), puis du royaume (après la coupure en deux du royaume de Salomon) de Juda, enfin de la province de Judée (après le retour de l'Exil à Babylone). Comme la plupart des exilés étaient originaires de Judée et que l'identité juive doit beaucoup à cette déportation, on a confondu région et religion en appelant juifs des croyants originaires de Galilée ou de Samarie autant que de Judée. Et ces juifs du Ve siècle avant J.-C. n'avaient plus la même religion que les Hébreux du millénaire précédent, leur foi ayant évolué vers un monothéisme de plus en plus strict.

Il serait donc anachronique de confondre l'Exil à Babylone (vers 598-538 avant J.-C.) et l'Exode d'Egypte qui l'a précédé de sept siècles. En ce temps-là, on parlait de populations semi-nomades, les *Habirou*, auxquels pourraient se rattacher les Hébreux, lesquels occupèrent, au temps de Moïse, le pays de

Canaan, appelé Palestine par les Romains. Moïse était hébreu et non juif comme Vercingétorix était gaulois et non français.

Freud (voir Akhénaton*) a affirmé que Moïse, « le libérateur, le législateur du peuple juif », avait été « non point juif mais égyptien ». Le père de la psychanalyse éprouvait lui-même des difficultés à situer sa religion (il était juif athée) et sa nationalité (il était né en Moravie et vivait en Autriche dans un empire austro-hongrois où l'identité nationale était un problème explosif).

Moïse n'était sûrement pas juif mais il n'était pas forcément « égyptien », qualificatif qui devrait être réservé à des habitants permanents de la vallée du Nil, imprégnés de la civilisation et de la religion de l'Egypte antique. Or, le semi-nomadisme des Hébreux (ils se déplaçaient probablement avec leurs troupeaux en fonction de l'état des pâturages et de l'accueil plus ou moins hostile des populations sédentaires) ne leur permettait guère de s'intégrer durablement à une société. Quant à l'esclavage des Hébreux au pays d'Egypte et à l'éducation de Moïse à la cour du pharaon, il s'agit d'éléments d'information (et d'édification) bibliques qu'aucune chronique égyptienne ne confirme ni n'infirme. Si Moïse était égyptien, Clovis était allemand puisque les Francs venaient de Germanie.

Le mythe des origines conduit à projeter dans un passé lointain des frontières nationales et des limites confessionnelles relativement récentes. Moïse n'était ni juif ni égyptien : c'était un Hébreu ayant séjourné en Egypte, du moins s'il a réellement existé sous la forme d'une seule personne physique, ce qu'aucune preuve archéologique ou épigraphique ne vient confirmer. Nul ne sait s'il fut héros de légende ou acteur de l'Histoire. Mieux vaudrait parler de la figure de Moïse ou du personnage de Moïse et non de l'homme Moïse. L'individu importe moins que la tradition qui se rattache à lui et que l'œuvre, maintes fois remaniée, qu'on lui prête : la Torah.

De même qu'une infime partie de notre code civil actuel est due à la plume de Cambacérès, une petite fraction de la Loi de Moïse émane peut-être d'un premier rédacteur n'adorant qu'un seul dieu et dirigeant un petit peuple ou un groupe de tribus : Moïse, leader des « fils d'Israël ».

La piété filiale des juifs à l'égard de ce chef charismatique comporte un paradoxe : marié à Cippora, fille d'un prêtre « païen », Moïse n'avait pas d'enfants juifs si l'on suit la tradition orthodoxe selon laquelle le judaïsme se transmet par la mère. Il est vrai que son beau-père, Jéthro, se convertit au Dieu unique de son gendre et de ses petits-enfants, montrant ainsi l'utilité des conversions au temps des Hébreux comme des juifs.

A qui comparer Moïse l'incomparable ? A une plus modeste échelle et dans une tout autre civilisation, à Ho Chi Minh. L'« oncle Ho », mort en 1968, n'a jamais vu le rêve de sa vie : la réunification du Vietnam, accomplie en 1975. De même, d'après la Bible, Moïse mourut en Jordanie, au mont Nébo, sans avoir vu la Terre promise. Dans la course à la victoire, le héros du peuple donne le signal du départ mais n'est pas juge à l'arrivée.

Monothéisme

« Le judaïsme, le christianisme et l'islam sont les trois religions monothéistes »

C'est l'exemple même de la simplification abusive : ces trois religions ne sont pas également monothéistes ou ne l'ont pas toujours été mais elles tendent vers l'unité du culte comme la plupart des religions du monde.

Cette unité semble totale dans l'islam dont la profession de foi affirme : « Il n'y a pas d'autre dieu qu'Allah. » Lui donner des « associés » est un crime impardonnable car seul le monothéisme peut maintenir l'ordre politique et social : « S'il y avait dans le ciel et sur la terre d'autres dieux qu'Allah, tous deux seraient tombés dans le désordre » (Coran 21, 22). Au polythéisme de tribus rivales et impuissantes, Mahomet a substitué le monothéisme de l'islam uni (en principe) et conquérant.

Les plus pourchassés des associés furent des femmes, les trois déesses des Versets sataniques (Coran 53, 19 et 20), Allat, Uzza et Manat, dont la seule mention valut à Salman Rushdie une fatwa de condamnation à mort. Car le passage du polythéisme au monothéisme est un changement de genre autant que de nombre : dans l'islam (*Allah*) comme dans le judaïsme (*Elohim*), le nom de dieu est le même mot que l'article masculin des langues sémitiques (*al* ou *el*). C'est Le ou Lui par excellence et il n'y a pas de place pour Elle : le couple est humain, l'unité est divine.

La revanche des dieux mâles sur les déesses de la

fécondité, engagée au Proche-Orient depuis l'âge des métaux et des empires, s'est poursuivie avec le dieu d'Israël Seigneur des armées (Sabaoth), le dieu des chrétiens Père tout-puissant et le dieu de l'islam Seigneur des mondes.

Les divinités préislamiques ont été rétrogradées au niveau d'êtres surnaturels, plus ou moins angéliques ou démoniaques, certains « soumis à Allah » et d'autres qualifiés d'« injustes » (Coran 72, 14). Tels sont les *djinns* et autres *iblis* (des êtres « non soumis à Adam », Coran 2, 34) qui reprennent le rôle des divinités inférieures des antiques panthéons.

Le judaïsme a ses anges : Michel, Gabriel et Raphaël, probablement influencés par les *fravashis*, ces anges gardiens du zoroastrisme, religion que les juifs connurent lors de l'Exil à Babylone. Le catholicisme et l'orthodoxie ont leurs saints : ils font des miracles grâce à une délégation de pouvoir surnaturel et, véritables avocats auprès de la « cour suprême », ils intercèdent pour l'homme au Jugement dernier. Seul le protestantisme refuse les surhommes ou demi-dieux et se montre le défenseur convaincu du dieu sans médiateur et du salut sans entremise.

Ce dieu est unique et triple dès lors que protestants, catholiques et orthodoxes adhèrent au dogme de la Trinité, défini aux conciles de Nicée, Ephèse et Chalcédoine (325, 431 et 451 après J.-C.). Le Père, le Fils et l'Esprit-Saint forment un seul dieu en trois personnes et les minoritaires de ces trois conciles rejetèrent cette mystérieuse ambiguïté que refusa aussi l'islam : monophysites radicaux, les musulmans voient en Allah une seule nature (divine) et une seule personne. Le Coran (5, 73) explique : « Ce sont des mécréants qui affirment : Allah est l'un des trois ; il n'y a d'autre dieu que le Dieu unique. » La Trinité chrétienne est, selon l'islam, composée du Père, du Fils et de Marie : cette « déesse Marie » qui, dans le catholicisme et l'orthodoxie, bénéficie d'une hyperdulie (un « super-culte ») est perçue, par la foi islamique, comme une survivance des déesses païennes, même si les musulmans ont le plus grand respect pour Myriam, mère de Jésus.

La Trinité chrétienne et la Trinité hindoue sont historiquement inversées : la première est partie du dieu unique d'Israël pour former trois personnes alors que la seconde, issue des dieux multiples du védisme, constitue une « triple forme » (*trimurti*). Brahma, Shiva et Vishnou sont trois manifestations d'une même essence divine. En cela, l'hindouisme, influencé par l'islam et le christianisme, a progressivement mis l'accent sur l'unité du divin dans la multiplicité de ses émanations.

Reste à savoir si le dieu d'Israël a toujours été unique. L'un de ses noms hébreux, *Elohim*, est un pluriel grammatical (et l'autre, *Adonaï*, un pluriel de majesté) dont le singulier, *El*, était un grand dieu cananéen, particulièrement révéré à Ougarit, la « cité aux mille dieux ». *Elohim* aurait d'abord été une sorte de collectif de dieux, fondant un hénothéisme (croyance en un dieu unificateur) précédant un monothéisme (croyance en un dieu unique).

La Bible garde la trace de cette évolution. Lors de l'Exode (12, 12), Dieu dit : « Contre tous les dieux de l'Egypte, j'exercerai mes jugements. » Si on juge les dieux, c'est bien qu'ils existent. Au contraire, dans les prophéties plus tardives d'Isaïe (44, 6), Dieu proclame : « C'est moi le premier, c'est moi le dernier, en dehors de moi, pas de dieu. » L'existence de divinités rivales, étrangères ou régionales, est ainsi niée : le dieu national est devenu unique. Il sera bientôt universel dans le christianisme et l'islam.

Mais si Dieu est le début et la fin de tout, l'alpha et l'oméga, la crainte des dieux rivaux et des cultes adverses se heurte à l'univers concurrentiel des sanctuaires locaux et à la dévotion plurielle de la foi populaire. Il est significatif que Jean-Paul II ait canonisé ou béatifié plus d'hommes et de femmes que tous ses prédécesseurs depuis deux cents ans et qu'il ait accordé une grande place à la Vierge Marie. Ainsi équilibrait-il l'adoration d'un dieu unique par la vénération de saints multiples et le culte du Père céleste par celui de la mère de Dieu.

L'unique peut sembler réducteur et des Occidentaux se passionnent pour la moins monothéiste de toutes les religions, le bouddhisme tibétain où, entre Bonnets rouges et Bonnets jaunes, on adore une Târâ verte ou blanche, un Bouddha bleu de la médecine, une Diablesse noire à l'œil féroce. Dans ce polythéisme exacerbé, chaque humain est un dieu en puissance ou une déesse en devenir. Quant à l'Indonésie, sa constitution professe la foi en un dieu unique qui englobe l'islam et le chistianisme, aussi bien que le bouddhisme et l'hindouisme. Cet amalgame ne doit pas surprendre : dans la genèse de l'islam, Allah avait progressivement supplanté d'autres dieux et le monothéisme s'est lentement imposé dans l'Arabie préislamique (notamment au Yémen) en passant par une phase hénothéiste (dieu unificateur mais pas encore unique).

Nirvâna

« Le nirvâna est le bonheur éternel »

C'est, littéralement, le « non-souffle » ou l'état de l'être humain qui, parvenu au terme de sa vie, a rendu le dernier souffle. Mais comme il risque de renaître et, donc, de souffrir à nouveau, seul compte vraiment le *parinirvâna*, ce « non-souffle » total ou définitif que le Bouddha historique avait été le premier homme à atteindre. Il n'est jamais revenu de son nirvâna, pas plus que Jésus de sa résurrection, et son expérience ne peut donc être décrite.

Pour le bouddhisme, la vie se transmet comme une flamme attisée et se retire comme une braise consumée. Ces comparaisons pyrotechniques sont d'une grande subtilité : comme le feu peut couver sous la braise apparemment éteinte, une forme d'existence peut continuer malgré la mort apparente. Le nirvâna ne serait donc pas un anéantissement (ni le bouddhisme un culte du néant) comme le crut longtemps l'Occident, mais il n'est pas non plus une vie nouvelle à l'image de la résurrection chrétienne, juive ou musulmane.

Le nirvâna est donc, en principe, indéfinissable. En pratique, il a bien fallu lui donner un contenu positif, le présenter aux foules de croyants sous un jour plus aimable que celui d'un corps sans vie. Les statues du Bouddha couché (en parinirvâna) le représentent avec un léger sourire et des yeux mi-clos, comme dans une sieste réparatrice ou un rêve éveillé, et les voyageurs occidentaux ont vu dans cette confortable hibernation une éternelle béatitude.

Ou un paradis artificiel : les hippies américains de la côte californienne, expérimentant des substances hallucinogènes, ont perçu dans leur « trip » hors du réel un voyage dans l'au-delà, comparable à l'exotique nirvâna plus qu'à l'ancestral paradis. On est ici aux antipodes de l'enseignement du Bouddha qui refusait les drogues et condamnait les plaisirs induisant un attachement voire une addiction. Le nirvâna est, justement, un détachement de tout et une étymologie populaire indienne y a vu un « non-désir » (*nir-vana*).

Il est aussi une délivrance des liens terrestres que les jaïns et les hindous appellent *moksha* ou « libération » (de l'existence). Puisqu'à partir du VIe siècle avant J.-C., la théologie indienne élabora la notion de *samsâra* ou « migration » des âmes de corps en corps, il fallut bien fixer un terme à ce processus, sous peine de le transformer en cercle vicieux et en cycle infernal. Le nirvâna devint une fin d'autant plus souhaitable que la morbidité et la mortalité, jointes à l'extrême misère, donnaient aux foules le sentiment que la réincarnation était le châtiment éternel des condamnés à vivre.

Ce privilège de ne plus vivre ou, du moins, d'accéder à un état dépassant l'opposition entre la vie et la mort, fut réservé à un petit nombre. Dans le Petit Véhicule, seuls des hommes exceptionnels, presque toujours des moines, sont réputés être entrés dans le nirvâna. Et les femmes, supposées moins vertueuses, doivent renaître hommes pour accéder à ce terminus tant désiré où s'arrête le désir.

Le nirvâna est donc théoriquement fort loin des jardins d'Allah où les bienheureux jouissent de bananiers et de jujubiers, de jeunes épouses et de beaux garçons. Mais l'imagination populaire réclama une dernière demeure plus enviable qu'un vide du « non-souffle ». Les théologiens du Grand Véhicule dressèrent donc les plans de nombreuses régions idylliques appelées « Terres pures » ou « Pays purs ». La plus connue est le Paradis de l'Ouest où règne le bouddha Amitâbha (lumière infinie). Même s'il s'agit d'états de conscience supérieurs plutôt que de zones géographiques précises, les foules (et les artistes) virent dans ces zones de bien-être des lieux de jouissance.

Mais, pour satisfaire l'orthodoxie, ces paradis bouddhiques furent considérés comme des séjours transitoires précédant l'entrée dans le nirvâna. Car un lieu, même divin, est inférieur à ce « non-lieu » et l'absence de renaissance est préférable à l'état de divinité qui n'est pas une garantie absolue contre les malheurs de l'existence.

Les doctrines du nirvâna sont donc d'une extrême complexité et varient beaucoup selon les nombreuses écoles bouddhistes. Mais puisque le « non-souffle » correspond aussi au dernier soupir du malade et à son ultime râle, il nous rappelle que la mort est délivrance. Et le Bouddha allongé, souriant dans son nirvâna, est une belle illustration de la prière chrétienne « Qu'il repose en paix » (*Requiescat in pace*).

Noël

« Jésus est né le jour de Noël »

Nul ne sait précisément où ni quand Jésus est né. L'évangile de Matthieu (2, 1) affirme qu'il a vu le jour « à Bethléem de Judée » et celui de Luc (2, 4) « à la ville de David qui s'appelle Bethléem en Judée ». Dans l'Ancien Testament, la ville de David, c'est Jérusalem (qu'il a prise aux Cananéens) tandis que Bethléem apparaît comme le lieu de naissance du roi-berger « qui fera paître Israël mon peuple » (2 Samuel 5, 2). Jésus est donc le nouveau Messie (titre déjà attribué à David), le bon pasteur né à la « maison du pain » ou Bethléem.

Mais comme Joseph et Marie résidaient au village de Nazareth, en Galilée, à huit jours de marche de Bethléem, il est peu vraisemblable qu'une femme sur le point d'accoucher ait pu faire un tel voyage même pour répondre à un ordre de recensement romain mentionné par Luc (2, 1) et mal confirmé par l'Histoire. Peut-être Jésus est-il né à Nazareth mais aucune preuve ne peut être apportée quant à son lieu de naissance.

La naissance du Christ, à la différence de sa mort (juste avant la Pâque juive), n'est reliée à aucune fête du calendrier et a pu prendre place en toute saison. Elle suit d'environ six mois la naissance de Jean-Baptiste dont la mère, Elisabeth, était enceinte de six mois (Luc 1, 36) lors de la visite de l'ange Gabriel à Marie. Il est donc logique de fêter la Saint-Jean le 24 juin, deux trimestres avant Noël.

Noël serait le « jour de la naissance » (du latin *nata-*

lis dies) ou le jour du « nouveau soleil » (du gaulois *noio hel*). En anglais, c'est la « messe du Christ » (*Christmas*) et en allemand, les « nuits sacrées » (*Weihnachten*). Ces hésitations étymologiques montrent que Noël a été perçu comme un événement théologique (la naissance d'un Messie) et comme un phénomène géographique (le retour du soleil). Cette deuxième explication est, historiquement, la première. Noël fut d'abord une fête du solstice d'hiver (le décalage de trois ou quatre jours semble négligeable) dans de nombreuses religions « païennes » de l'Europe préchrétienne, notamment dans les régions nordiques ou montagnardes, là où l'astre suprême se cache aux mauvais jours et fait craindre une nuit éternelle. Fêter le début des jours meilleurs, c'était alors le moyen d'exorciser la peur d'un froid perpétuel, d'une mort prévisible, « si le soleil ne revenait pas » (Ramuz).

A Rome, cette fête du « Soleil invaincu » (*Sol invictus*) fut officialisée par l'empereur Aurélien (270-275 après J.-C.) qui se voulait un Roi-Soleil, un astre couleur d'or (*aurus*). Elle a été aussi associée au culte de Mithra, le dieu iranien symbolisant des forces vitales comme le soleil et le taureau. Or, la Bible présente aussi le Messie comme un « soleil de justice » (Malachie 3, 20) et comme un « astre levant » (Luc 1, 78).

En retenant la date de cérémonies païennes pour commémorer un haut fait évangélique, l'Eglise christianisa une vieille fête de la nature et Noël fut célébré le 25 décembre à partir de l'an 336 (environ), à la fin du règne de Constantin, le premier empereur chrétien, dont le soleil était le Christ.

Noël devint un prénom de baptême, même s'il n'y avait alors pas plus de saint Noël que de saint Pascal.

L'important était de dater précisément la naissance de Jésus pour en faire un événement historique et non une légende mythologique. Jésus est né le jour de sa naissance (c'est une évidence) qu'on appelle Noël (c'est de l'arbitraire). En plein hiver, la Nativité réchauffe le cœur et met de la vie sacrée dans une nature morte.

A mesure que les missionnaires chrétiens évangélisèrent les zones tropicales et équatoriales, Noël perdit son caractère de fête du solstice d'hiver : sous l'équateur, il n'y a pas de « soleil invaincu » ou vaincu puisque l'astre suprême ne décline jamais. On peut donc fêter Noël sous les cocotiers des plages en se dorant la peau aux rayons d'Hélios.

Dans l'hémisphère Sud, Noël est même la fête de l'été, l'équivalent de la Saint-Jean sous nos latitudes. C'est le jour le plus long, le plus chaud, l'inverse parfait de notre 24 décembre qui bat régulièrement des records de froid. Ainsi Noël peut-il, par ses paradoxes climatiques, symboliser aux antipodes une religion universelle.

Non-violence

« L'Inde est la patrie de la non-violence »

L'Inde est la patrie de la non-violence et des guerres de religion. Cette contradiction résulte de l'histoire et de la géographie du sous-continent indien.

Ce que les Occidentaux appellent non-violence est la « non-nuisance » (*ahimsâ*) ou absence de dommage causé à autrui, notamment quant à son intégrité physique. Et la pire nuisance consistant à tuer (« nuire » vient du verbe *nocere* dont le sens premier était « provoquer la mort »), cette non-nuisance implique le refus d'attenter à l'existence de tout être vivant, humain ou animal.

La doctrine de la non-nuisance est probablement apparue vers le VIe siècle avant J.-C. (peu avant la prédication du Jina et du Bouddha) en liaison avec la théorie du *samsâra* (la « migration » des âmes dans une spirale de renaissances) : si chaque humain a pu être animal dans une existence antérieure et risque de le redevenir bientôt, tuer une bête c'est supprimer une vie d'homme, passée ou future. D'ailleurs le genre littéraire qui assimile l'animal à l'homme, la fable, est né en Inde et des *Fables* de La Fontaine au *Livre de la jungle*, nombreux sont les grands textes occidentaux qui puisent à des sources indiennes pour mettre en valeur nos amies les bêtes.

La non-nuisance interdit donc, en principe, les sacrifices animaux, fort nombreux dans la vieille religion védique, et remplace ces rituels sanglants par des privations intérieures, notamment le jeûne, très répandu dans le jaïnisme, religion de l'absolue non-nuisance : certains jaïns portent une étoffe devant la bouche pour ne pas avaler de moucherons. Il s'agit là d'une véritable révolution religieuse si l'on songe à l'importance des sacrifices animaux dans la plupart des religions du monde, aux flots de sang qui se déversaient dans le Temple de Jérusalem lors de la Pâque juive et qui se déversent toujours dans les pays musulmans lors de fête du Sacrifice (du mouton).

Cette non-nuisance a pu répondre à un souci écologique dans un pays fort peuplé depuis l'Antiquité où le risque de disparition des animaux (voir vaches sacrées*) a toujours été très élevé. Les « sanctuaires de la nature » que sont les réserves naturelles et les parcs nationaux constituent la version moderne de cette non-nuisance, hostile à la chasse et à la pêche. Le régime végétarien des brahmanes hindous et des fidèles jaïns est dans la logique de la non-nuisance : jadis anthropophage puis carnivore, l'homme exprime dans cette cure végétale le refus de manger la chair et de boire le sang.

Mais l'être humain applique plus facilement la non-nuisance aux animaux qu'à ses semblables. Terre de migrations et d'invasions aryenne, perse, grecque, parthe, scythe, arabe, moghole, portugaise, britannique, française et japonaise, l'Inde a connu trois millénaires de conflits ethniques et religieux. Elle est même la patrie des guerres de religion qui auraient fait plus de cent millions de morts en mille ans en raison, notamment, de l'arrivée de l'islam (vers 711, vingt et un ans avant la bataille de Poitiers) dans la vallée de l'Indus puis dans toute l'Inde. Aujourd'hui encore, les conflits entre hindous, musulmans et chrétiens sont souvent meurtriers et la rivalité entre le Pakistan et l'Inde, deux puissances nucléaires, est lourde de menaces.

L'image d'une Inde non violente a été popularisée, en Occident, par la résistance passive de Gandhi à l'occupation britannique. Le Mahâtma (Grande Ame) avait emprunté la conception de la *ahimsâ* au jaïnisme, religion très présente au Gujarat, Etat dont il était originaire. Ses célèbres grèves de la faim et ses marches pacifiques eurent une résonance mondiale mais ne peuvent faire oublier que l'indépendance de l'Inde a été ternie par un bain de sang : l'opposition entre hindous et musulmans (ces derniers fondant le Pakistan) fit plusieurs millions de morts.

La non-violence engendre-t-elle la violence ? Elle pose au moins un problème majeur dans le recrutement des soldats et, puisque les non-violents répugnent à porter les armes (l'objection de conscience est aussi d'origine indienne), l'armée de l'Inde doit recruter de nombreux sikhs. Car le sikhisme est une religion « guerrière » dont les adeptes masculins arborent un poignard au côté même si, dans la vie courante, ils font preuve d'une grande sérénité et d'une extrême charité. Si certains groupes socio-religieux se consacrent à la non-violence, il est inévitable que d'autres privilégient la défense nationale sans laquelle l'Union indienne ne pourrait survivre.

Par un paradoxe typiquement indien, les deux principaux propagateurs de la non-violence, le Jina et le Bouddha, appartenaient à la caste des « guerriers » (*kshatriya*). Au lieu d'être violents à l'égard des autres, ils ont retourné cette violence contre leurs propres désirs en éradiquant de leur cœur (du moins en principe) la convoitise, source de toutes les guerres. A l'opposé du modèle occidental du moine-soldat (et du modèle sino-japonais du moine chan ou zen, adepte des arts martiaux et des techniques de combat), le Jina et le Bouddha furent des combattants pacifistes.

Occident

« Le christianisme est une religion occidentale »

Jésus était un Asiatique. Certes, il vivait dans cette « Asie antérieure » qui désignait autrefois le Proche-Orient. Et comme l'Asie va de Jérusalem à Vladivostok, il était géographiquement fort éloigné des bonzes japonais ou des chamans sibériens.

Mais il l'était également des druides gaulois ou des vestales romaines. L'univers du Christ n'appartient pas à l'Antiquité européenne : Jésus parlait sans doute l'araméen, langue sémitique très proche de l'hébreu et radicalement différente du grec ou du latin. Jésus se référait à la Loi ou aux prophètes d'Israël et pas un de ses sermons ne fait allusion aux philosophes athéniens ou aux rhéteurs romains. L'enseignement de Jésus n'est pas apparenté à celui de Socrate et le parfait « antéchrist », c'est Cicéron, l'homme du beau-parler.

Avec saint Paul, le christianisme s'occidentalise un peu : l'auteur des Epîtres était politiquement et intellectuellement un Eurasien, citoyen romain de langue grecque né à Tarse (actuellement en Turquie), vivant à Damas (Syrie) et prêchant dans une grande partie du bassin méditerranéen. Les pays non visités par saint Paul, comme l'Egypte, la Perse ou l'Assyrie, se sont d'ailleurs donné des Eglises « orientales » (copte, assyrienne, arménienne, nestorienne, etc.) refusant la foi « orthodoxe » définie par les conciles œcuméniques à la demande des empereurs romains.

Ceux-ci se sont tenus en Asie « Mineure », à Nicée et Ephèse, souvent sur les rives du Bosphore, à Chalcédoine et Constantinople, là où l'Asie et l'Europe se rejoignent. Les évêques étaient majoritairement originaires d'Afrique et d'Asie : au début du IVe siècle après J.-C. seulement vingt pour cent des diocèses étaient situés sur le continent européen. Ces prélats parlaient des langues indo-européennes comme le latin ou le grec, sémitiques tels l'arabe ou le syriaque, chamitiques (copte ou berbère), caucasiennes (géorgien). Ils venaient d'Angleterre ou de Libye, d'Allemagne ou d'Arménie. Déjà des communautés chrétiennes s'implantaient en Irlande et en Inde, démentant la future prophétie de Kipling : « L'Orient est l'Orient, l'Occident est l'Occident, jamais ils ne se rejoindront. »

D'où vient alors ce besoin de classer le christianisme parmi les religions occidentales et de le couper de ses racines orientales ? Sans doute les Croisades ont-elles été perçues comme une guerre de l'Europe de l'Ouest contre l'Orient chrétien (le pillage de Constantinople). L'islamisation du Proche-Orient et de l'Afrique du Nord a « occidentalisé » le christianisme et fait oublier que saint Augustin était algérien comme saint Antoine égyptien (il ne faut pas le confondre avec saint Antoine de Padoue, invoqué pour retrouver les objets perdus).

La conquête des Amériques et la conversion plus ou moins forcée de ses habitants ont déplacé de cinq mille kilomètres vers l'ouest le centre de gravité du christianisme. Le premier pays protestant de la planète (les Etats-Unis) et trois des quatre premiers pays catholiques (le Brésil, le Mexique et les Etats-Unis) sont situés dans ce Nouveau Monde qui abrite la moitié des chrétiens de l'univers. Reste à savoir si un Indien d'Amazonie, un métis de Saint-Domingue ou un Noir de Harlem se sent vraiment « occidental ».

Sans doute, la pensée « occidentale » a fortement imprégné la théologie, saint Thomas d'Aquin se référant à Aristote et saint Augustin à Platon. Le mode de pensée occidental a aussi influencé l'éthique chrétienne en privilégiant l'individu au détriment du groupe (la confession* individuelle est une innovation des moines irlandais) et les valeurs de la civilisation européenne au détriment des cultes des pays indigènes. L'évangélisation du monde a largement diffusé la culture occidentale, notamment française, puisqu'au XIXe siècle la moitié des missionnaires catholiques venaient de France.

Mais le Japon est classé parmi les pays « occidentaux » (sur le plan économique) et le shintoïsme n'est pas considéré pour autant comme une religion occidentale. La mondialisation des échanges et la croissance économique de l'Asie bouleversent d'ailleurs les paysages culturels : l'Inde est la patrie de la réincarnation et des informaticiens, la Chine celle des horoscopes et des mégalopoles. L'Asie vend aux Occidentaux des « sagesses orientales » et des composants électroniques. Elle copie leurs marques de luxe et emprunte leurs sources de foi. Les Asiatiques s'habillent et se marient à l'occidentale, ils sont de plus en plus nombreux à demander le baptême comme les Occidentaux à fréquenter les pagodes.

Quand les églises se vident en Europe, elles sont pleines aux Philippines ou en Corée. Le jour où il y aura un pape indien ou vietnamien, on ne saura plus trop si le christianisme est occidental ou oriental, pas plus qu'on ne sait si les pâtes sont chinoises ou italiennes.

Opium

« La religion est l'opium du peuple »
(Karl Marx)

C'est une citation tronquée, une idée non pas fausse mais un peu vague, aux significations aussi diverses que les effets de l'opium, aux sens aussi flous que les vapeurs de l'encens.

La célèbre formule est tirée d'un des premiers ouvrages de Marx, *Critique de la philosophie du droit de Hegel* (1844). Trois ans auparavant, dans *L'Essence du christianisme*, Feuerbach forgeait le concept d'aliénation religieuse en considérant la religion comme un faux idéal éloigné du réel. Marx, plus lyrique, vit dans l'espérance religieuse la suprême consolation, le bonheur illusoire du peuple : « La religion est le soupir de la créature accablée, le cœur d'un monde sans cœur, comme elle est l'esprit d'une existence sans esprit. Elle est l'opium du peuple. »

Selon Marx, tout n'est donc pas négatif dans la religion qui apporte des richesses spirituelles à un univers capitaliste sans foi ni loi, n'ayant d'autre idole que le dieu argent et d'autres valeurs que celles de la cote. L'homme a un besoin vital de la religion : elle est un cordial dans un monde sans cœur, un antidépresseur dans les économies déprimées et, durant les périodes de chômage, les médecins prescrivent des psychotropes là où, naguère, les prêtres auraient ordonné des prières pour les affligés. Mais toujours il s'agit de consolation et de résignation.

Promettre une béatitude éternelle aux damnés de la

terre et aux victimes de l'Histoire, c'est inventer les paradis artificiels dont les religions millénaires sont les antiques laboratoires. Des liqueurs d'immortalité du védisme indien ou de la religion iranienne aux champignons hallucinogènes du chamanisme mexicain, les religions connaissent l'alchimie des breuvages enivrants et des substances euphorisantes. Et lorsqu'à Cana, Jésus transforme l'eau en vin, l'évangile de Jean (2, 10) évoque des convives « en état d'ébriété » dont la soif s'étanche aux vignes du Seigneur.

Mais il n'est pas facile d'évaluer les symptômes psychologiques du phénomène religieux. De même que certains ont le vin triste et d'autres gai, la religion a des effets angoissants ou désinhibiteurs selon qu'elle brandit des menaces morales ou qu'elle libère des forces spirituelles. Bien souvent la religion comprime les pulsions de l'individu pour les mettre au service d'une activité communautaire. Si cette communauté est souvent conservatrice, elle peut aussi se montrer réformatrice voire révolutionnaire.

Marx s'est surtout inspiré de l'exemple européen pour écrire : « Le socialisme chrétien n'est que l'eau bénite avec laquelle le prêtre consacre le dépit de l'aristocratie » (*Manifeste du Parti communiste*). Mais la théologie de la libération du catholicisme sud-américain lui a apporté un démenti : encouragés par le concile Vatican II, des prêtres et des évêques ont participé à la lutte contre le pouvoir politique et économique.

Et, sur ce continent, cette lutte a souvent été armée, les religieux et les religieuses mettant l'alliance du sabre et du goupillon au service des peuples colonisés et des masses exploitées. Des prêtres, notamment au

Nicaragua, ont participé à des guérillas marxistes, mitraillette en bandoulière. Ils étaient les dignes successeurs du père Hidalgo ou du curé Morelos qui, au début du XIXe siècle, boutèrent les Européens hors du Mexique en tuant d'autres chrétiens (les soldats du colonisateur) et en criant : « Vive la Vierge de la Guadalupe ! Meurent les Espagnols ! »

Sur un mode non violent, l'action du pasteur Martin Luther King ou de Mgr Desmond Tutu, évêque anglican du Cap et militant anti-apartheid, eut une efficacité indiscutable dans la lutte contre le racisme. L'inspiration hindouiste de Gandhi ou bouddhiste du Dalaï-Lama montre aussi que la religion peut aider à résister contre une puissance occupante, britannique ou chinoise.

Elle risque même de conduire à un excès d'héroïsme par l'abus du martyre. Si la religion est une drogue, sa quintessence se trouve dans la secte des Hashashin, cette branche du chiisme ismaélien qui, au XIIe siècle, exécutait des musulmans sunnites ou des envahisseurs croisés. Ses membres consommaient, paraît-il, du chanvre indien pour trouver le courage de tuer et de mourir. Ils fumaient du haschich, ils étaient Assassins.

Orient

« Toutes les religions viennent d'Orient »

Dans le département du Finistère comme au cap Finisterre (Espagne), on est à la « fin de la terre » (*finis terrae*), en ce bout du monde qui, jusqu'à Christophe Colomb, était l'extrême ouest des pays connus. Tout venait donc de l'est : les cultes, la culture et l'agriculture, les dieux, l'écriture et les céréales.

Toutes les religions venaient d'Orient, comme la civilisation. Le Proche-Orient nous a légué le blé et le vin symbolisant le corps et le sang du Christ mais aussi le mouton fêté par l'islam. Les « religions du Livre* » viennent de la région des plus vieux alphabets (à Ougarit, en Syrie, ville dont le dieu El est le prototype d'Elohim, dieu d'Israël, et dans le Sinaï, région éminemment biblique).

Les Romains étaient déjà friands de ces étranges divinités orientales : Cybèle dont les prêtres étaient châtrés, Jésus dont les disciples se faisaient « eunuques en vue du Royaume » (Matthieu 19, 12), Mithra dont les mystères étaient fermés aux femmes ou Adonis qui ressuscitait à chaque printemps avec la végétation et ses « pâquerettes ». Mais ils ne méprisaient pas les divinités occidentales des Celtes et des Germains dont ils donnaient le nom à de nombreuses villes (Lyon, Laon et Londres étaient consacrées à Lug, dieu gaulois de la lumière).

Depuis Christophe Colomb, l'Amérique nous a donné le maïs, la pomme de terre et l'ananas, mais elle ne nous a pas fait cadeau d'une religion autochtone, scs cultes indigènes ayant été exterminés par les Européens. Toutefois, les mouvements chrétiens d'effusion de l'Esprit-Saint, si importants dans le christianisme actuel, sont nés aux Etats-Unis, qu'il s'agisse du Pentecôtisme protestant (1906) ou des charismatiques catholiques (1968). Ces mouvements ont, dans le sens ouest-est, fait le tour de la planète où, désormais, le Saint-Esprit vient d'Occident. Et d'Amérique nous viennent aussi deux religions fondées par des Européens et se situant aux marges du christianisme : celles des mormons (dix millions de fidèles dans le monde) et des Témoins de Jéhovah (six millions de membres). Par leur créativité constante et leur concurrence sauvage en matière d'ingénierie confessionnelle, les Etats-Unis sont devenus le grand far-west des religions.

Certes, les religions nous semblent aussi venir d'Extrême-Orient et, sous le vocable flou de « sagesses orientales », on range les doctrines si différentes du bouddhisme, du taoïsme ou du confucianisme. Mais il est clair que, pour un Japonais, ces religions viennent du Proche-Occident qu'est la Chine ou du « far-west » de l'Inde. D'ailleurs, dans l'amidisme, école du bouddhisme très répandue en Chine et au Japon, le bouddha Amitâbha promet à ses fidèles un accès au « Paradis occidental ». Quant au mont Kailash, montagne sacrée du Tibet, c'est l'extrême-ouest de ce pays.

La migration des croyances a connu les mêmes orientations dominantes pendant trois mille ans : à l'ouest de l'Indus, les mouvements ont généralement été tournés vers l'occident et ont véhiculé les « grandes invasions » des « barbares » et les grandes religions des sémites (judaïsme, christianisme, islam).

A l'est de l'Indus, le sens inverse (ouest-est) a

dominé, et si les religions de l'Inde ont gagné la Chine et le Japon, les religions de la Chine et du Japon ne se sont jamais implantées en Inde. Par la « route de la soie » comme par l'océan Indien, le bouddhisme s'est propagé en Indochine, en Chine et au Japon, l'hindouisme à Bali et l'islam en Indonésie et en Malaisie : aujourd'hui, pour regarder vers La Mecque, plus de 60 % des musulmans du monde tournent leurs tapis de prière vers l'ouest. Quant au christianisme, prêché par des missionnaires européens ou américains, il est arrivé soit par l'ouest via l'Asie Mineure ou l'océan Indien, soit par l'est depuis les côtes californiennes.

Mais si l'on remonte aux temps protohistoriques ou préhistoriques, ces directions n'ont plus de sens. La religion indienne védique était « indo-européenne », apparentée aux cultes iraniens, romains ou scandinaves et les mouvements de population se sont effectués au hasard des opportunités climatiques ou de la fortune des armes. Plus loin dans le temps, le chamanisme sibérien a probablement influencé les religions amérindiennes lorsque les Asiatiques ont traversé le détroit de Béring et se sont ensuite déplacés dans un sens nord-sud.

Dire que « toutes les religions viennent d'Orient », c'est privilégier les méridiens au détriment des parallèles. Or, les grands fondateurs de religions comme Jésus, Bouddha, Mahomet, Lao-tseu ou Confucius prêchaient tous à proximité du trentième parallèle, dans une zone climatique favorable à l'émergence de l'agriculture et de l'élevage, cette « révolution » néolithique qui bouleversa l'existence humaine et la vie sociale. C'est là que l'homme fonda des villes et créa des dieux avant d'exporter ses richesses et ses croyances vers des zones encore incultes, vers notre « Occident » nordique alors sous-développé.

Orthodoxes

« Les orthodoxes sont les chrétiens orientaux »

Les orthodoxes ne sont pas des chrétiens « occidentaux » mais tous les chrétiens orientaux ne sont pas orthodoxes. Quant aux chrétiens extrême-orientaux, ils ne sont presque jamais orthodoxes.

Cette idée aux trois quarts fausse est liée à une perception simpliste de l'Orient*, lieu de naissance (en latin *oriens*) supposé et d'antériorité fantasmée de tous les phénomènes religieux.

Le mot « orthodoxe » (du grec *orthodoxos*, « opinion droite ») désigne, dans toutes les religions, la doctrine considérée comme la seule véridique. Appliqué aux Eglises chrétiennes d'Orient, ce terme apparaît en anglais au XVIIe siècle et, en français, au XIXe siècle. Paradoxalement, on appelle orthodoxes des Eglises considérées comme schismatiques depuis 1054 (date de la séparation des Eglises de Rome et de Constantinople), voire comme légèrement hérétiques par les catholiques (elles ne reconnaissent pas le dogme de l'Infaillibilité pontificale).

Ces Eglises (grecque, russe, ukrainienne, serbe, roumaine, bulgare, etc.) sont principalement situées en

Europe de l'Est. Il était donc logique de les percevoir comme orientales à une époque où les grands pays catholiques et protestants étaient situés en Europe de l'Ouest ou dans ce far-west qu'est l'Amérique du Nord.

Aujourd'hui, la géographie des religions s'étudie selon un axe nord-sud autant qu'est-ouest : le premier pays catholique du monde (le Brésil) est dans l'hémisphère Sud et le second pays protestant (le Nigeria) est proche de l'équateur. Les missionnaires y sont venus du nord et la distinction entre le christianisme occidental de l'Italie et oriental de la Grèce n'y a guère de sens.

En Extrême-Orient, les Eglises orthodoxes sont très peu représentées. Aux Philippines, troisième pays catholique du monde, le christianisme est bien venu d'Occident et la demi-heure d'avion entre Rome et Athènes n'est guère perceptible. La notion de christianisme oriental s'applique donc au seul espace méditerranéen : elle n'a plus de signification à l'échelle planétaire.

Elle s'est aussi déplacée sur le plan théologique. Car si les orthodoxes ont quelques différends avec l'Eglise de Rome (selon eux, l'Esprit procède du Père par le Fils, non du Père et du Fils), ces querelles « byzantines » ne sont plus considérées comme des fractures doctrinales. Par contre, d'autres Eglises orientales ont affirmé de nettes différences dogmatiques et ne sont donc pas orthodoxes. Les Eglises éthiopienne, égyptienne (copte), syrienne, assyrienne et arménienne sont dites non chalcédoniennes pour ne pas avoir accepté les décisions du concile d'Ephèse (431) sur Marie mère de Dieu ou celles du concile de Chalcédoine (451) sur l'égale et double nature humaine et divine du Christ.

Ces Eglises non orthodoxes sont parfois très orientales puisque les minoritaires d'Ephèse, dits nestoriens, ont fondé des Eglises jusqu'à Xian dans l'est de la Chine, mille ans avant l'arrivée des jésuites italiens. Les minoritaires de Chalcédoine (monophysites) ont aussi fondé des Eglises dans une grande partie de l'Asie, mille ans avant les missionnaires portugais : en Inde, existent encore des communautés malabars (nestoriennes) et malankars (monophysites).

Pour compliquer encore ce tableau, certaines Eglises se sont ultérieurement unies à Rome. Ces « uniates » sont des dissidents soit d'Eglises orthodoxes (ukrainienne, roumaine, albanaise, etc.), soit d'Eglises non chalcédoniennes (syro-malabar, syro-malankar, chaldéenne, etc.). On les appelle catholiques orientaux et non chrétiens orientaux. Leurs appellations sont souvent fantaisistes : l'Eglise « grecque-catholique » comprend les patriarcats d'Antioche, d'Alexandrie, de Jérusalem et de « tout l'Orient », mais sa langue est l'arabe et non le grec.

Il ne faut donc pas confondre Orient et orthodoxie. Mais la frontière n'est pas facile à tracer. Au Liban, coexistent onze Eglises chrétiennes orthodoxes, non chalcédoniennes ou uniates et leurs différences sont parfois minimes. Les maronites et les melkites sont uniates mais les prêtres des premiers sont mariés et ceux des seconds célibataires.

Pour comprendre l'essence de l'orthodoxie, il faut se rendre à Nazareth, ville où grandit Jésus. L'église orthodoxe Saint-Gabriel est décorée d'icônes dans la plus pure tradition grecque millénaire. Au contraire, la basilique catholique de l'Annonciation est ornée de mosaïques et de fresques modernes offertes par les communautés du monde entier et conçues dans le style de chaque pays : il y a des Vierges à l'enfant mexicaines, japonaises, péruviennes, chinoises, indiennes ou françaises. Elles portent des saris, des kimonos ou des crinolines pour bien montrer que l'Eglise est « catholique », c'est-à-dire universelle. L'orthodoxie privilégie la tradition et le catholicisme la communion.

Pour des raisons historiques, liées à l'absence de colonies russes ou grecques, les Eglises orthodoxes demeurent centrées sur l'Europe de l'Est et du Proche-Orient. Elles sont les conservatoires des traditions nationales et servent de repoussoirs aux nouveautés exogènes. Etant autocéphales, elles gèrent souvent de petits espaces et ne veulent surtout pas sacrifier les identités locales à la civilisation occidentale en marche vers la mondialisation.

Telle est la subtile relation entre Orient et orthodoxie. Elle justifie pleinement le célèbre aveu du général de Gaulle : « Vers l'Orient compliqué, je volais avec des idées simples » (*Mémoires de guerre*, « L'Orient »).

Pacifisme

« Le bouddhisme est une religion pacifiste »

Jésus dit à celui qui « est frappé sur la joue droite de tendre l'autre joue » (Matthieu 5, 39). Mais cela n'empêche pas les chrétiens de s'entretuer. Le Bouddha demande à ses disciples de « vomir la souillure de la violence » et de « trouver leur plaisir dans la non-violence » (Dhammapada 261 et 300). Mais cela n'empêche pas des bouddhistes de s'entretuer. Les guerres sino-japonaises ou birmano-thaïlandaises ne le cédèrent en rien aux guerres franco-allemandes ou austro-italiennes.

Le christianisme eut ses moines-soldats et le bouddhisme ses moines-guerriers. Ceux-ci se nommaient *bop-bop* au Tibet ou *sohei* au Japon et devaient à la fois protéger les temples contre les voleurs et lutter contre les raids des moines d'écoles rivales : la pratique des arts martiaux donnait une force de frappe aux arguments théologiques.

Le christianisme eut un sanguinaire propagateur, l'empereur romain Constantin, qui fit assassiner sa femme Fausta et son fils Crispus avant de convoquer le concile de Nicée (325). Le bouddhisme eut une sanguinaire propagatrice, l'impératrice chinoise Wu Zetian qui fit empoisonner le prince héritier et massacrer de nombreux membres de la famille impériale avant de se faire proclamer « Empereur du Saint-Esprit » (650 après J.-C.). Et le bouddhisme chinois alterna périodes de mise à l'écart du pouvoir et phases d'intervention politique durant lesquelles, sous la dynastie des Tang (618-907 après J.-C.), il y eut une véritable armée de moines.

Le christianisme français eut son moine-amiral, Georges Thierry d'Argenlieu, carme déchaussé et haut-commissaire de la France en Indochine, qui crut terrasser le dragon communiste en bombardant les civils vietnamiens. Et le bouddhisme japonais eut ses officiers zen qui déclarèrent « juste cause » la guerre contre la Chine (1895) ou la Russie (1905) et estimèrent le meurtre des ennemis compatible avec la compassion bouddhiste.

Il serait pourtant trop simple d'affirmer que toutes les religions prêchent la paix et font la guerre. Si les pays bouddhistes n'ont pas été épargnés par les conflits sanglants et si leurs théologiens ont souvent justifié le nationalisme, le bouddhisme n'a pas institué la guerre sainte. Certes, la possession de reliques ou de livres saints a parfois engendré des escarmouches et, en 1057, le roi birman Anawratha s'empara par la force du texte sacré du Tripitaka aux dépens du roi môn Manuha. Mais le bouddhisme n'a jamais connu l'équivalent des zélotes ou des sicaires juifs, des croisés chrétiens ou des combattants du djihad islamique.

Pourquoi cette différence ? Le bouddhisme est une religion universelle et missionnaire qui cherche à « conquérir » sinon les âmes du moins les cœurs, mais son expansion asiatique s'est faite sans violences par la prédication des moines. Les monarques ont souvent imposé à leurs sujets le choix d'un Véhicule (Petit ou Grand) sans pour autant faire une chasse systématique aux hérétiques ni pratiquer les conversions forcées et les destructions d'« idoles ».

A l'opposé du judaïsme et de l'hindouisme, le bouddhisme n'est pas une religion nationale et n'a pas à défendre une identité patriotique. Mais cet argument ne vaut pas par rapport au christianisme, lui aussi religion universelle et missionnaire. L'explication est alors plus historique que théologique : ayant affronté les persécutions pendant les trois premiers siècles de son existence, le christianisme a retourné la violence subie contre ses ennemis, les victimes des « païens » devenant leurs bourreaux tandis que le culte des martyrs exaltait la mémoire des offensés.

Le bouddhisme n'eut pas à subir de violences comparables durant ses débuts. L'émiettement politique de l'Inde avait pour corollaire un éparpillement religieux : chaque petit royaume avait sa religion dominante et son école philosophique privilégiée et, pour maintenir la paix civile, le souverain adoptait souvent une religion et son épouse une autre. Bimbisara, roi du Magadha (nord-est de l'Inde), était l'ami du Bouddha mais sa femme était une adepte du jaïnisme. Si la femme d'Auguste avait été chrétienne et celle de Constantin manichéenne, il eût été plus difficile, dans l'empire romain, de combattre les multiples « hérésies » au profit d'un dogme unifié.

Les circonstances historiques se combinent, de manière souvent complexe, à des principes philosophiques : le bouddhisme, ayant (difficilement) admis en son sein la pluralité des « voies » ou véhicules vers la délivrance du nirvâna, pouvait difficilement condamner une religion adverse et pourfendre une doctrine précise au nom d'une foi plurielle. Il n'y eut donc pas de guerre généralisée entre les Véhicules bouddhistes comme entre les confessions chrétiennes même si, au Tibet comme au Japon, les querelles entre « voies » concurrentes se réglèrent localement par la violence.

Le bouddhisme eut la chance de naître en un pays vaincu et de se propager par des voies marchandes. L'histoire de l'Inde est une suite de défaites militaires (contre les Aryens, les Grecs, les Scythes, les Parthes, etc.) qui incite aux compromis politiques et religieux : les disciples du « guerrier » (*kshatriya*) Bouddha n'ont jamais connu cette arrogance du vainqueur qui a fait du christianisme la religion des missionnaires et des canonnières. Et ils ont eu pour compagnons de piste ou de mer les caravaniers de la route de la soie et les navigateurs de l'océan Indien, plus préoccupés par le sort de leur cargaison que par la diffusion d'une orthodoxie. En ce sens, le bouddhisme fut une religion véhiculée par le libre-échange des marchandises et le commerce des idées.

Pape

« Saint Pierre est le premier pape »

Il ne peut évidemment être le premier « pape », mot tiré du grec (*papas* = papa), une langue étrangère au pêcheur Pierre qui parlait l'araméen. Ce titre fut, à partir du IIIe siècle, employé affectueusement pour distinguer les évêques, « papas » de leur diocèse, puis, à partir du VIe siècle, il désigna plus particulièrement l'évêque de Rome, ville dont le prestige rejaillissait sur le chef de son clergé. Durant cette période, on nommait aussi pape l'abbé d'un monastère, père spirituel de ses moines. Le titre de pape fut aussi accordé à l'évêque d'Alexandrie et il est toujours porté par le chef de l'Eglise copte d'Egypte, Sa Sainteté le pape Chenouda III. Ce pape-là se réclame non pas de saint Pierre mais de saint Marc, réputé évangélisateur de l'Egypte.

Personne ne sait qui était le premier pape ni même le second ou le suivant : les noms de Lin, Clet, Evariste ou Télesphore sont cités sans aucune certitude biographique ni chronologique. Quant à Pierre, sa présence, son martyre et sa sépulture dans la Ville éternelle ne sont pas absolument certains. Par contre, le culte de saint Pierre est attesté depuis le IIe siècle et de nombreux textes, apocryphes ou canoniques (deux épîtres), lui sont attribués. Mais ils ont été écrits bien après la mort de l'apôtre dont on ne sait pas quand ni comment il aurait quitté la Palestine pour l'Italie.

Saint Pierre est donc non pas le premier pape mais l'un des deux premiers disciples (avec son frère André) choisis par Jésus. La primauté de Pierre est chronologique mais aussi théologique : le Christ dit à ce pêcheur de poissons qu'il aura désormais « des hommes à capturer » (Luc 5, 10), c'est-à-dire à ramener vers les rivages de la foi. Ce « pêcheur d'hommes » (Marc 1, 17) s'appelle Pierre et, dit Jésus, « sur cette pierre je bâtirai mon Eglise » (Matthieu 16, 18). Le jeu de mots sur saint Pierre (incompréhensible dans de nombreuses langues) pourrait s'appliquer, en français, à saint Roch. Jésus a probablement dit à Pierre qu'il était solide comme un roc (*kepha* en araméen), nom que le Nouveau Testament a transcrit (*Céphas*) ou traduit en grec (*Petros*) puis en latin (*Petrus*).

Jésus donne aussi à Pierre « la clef du Royaume des Cieux » (Matthieu 16, 19) et lui attribue le pouvoir de lier ou délier les fautes, c'est-à-dire de les absoudre ou non et, selon les catholiques, de ramener ou d'exclure (excommunier) le fautif dans la communauté. Pierre est donc à la fois confesseur des péchés et gardien du paradis. Mais ces phrases sont d'une interprétation délicate et ont toujours fait l'objet de vives controverses entre théologiens : Pierre est-il un porte-clefs sans pouvoir ou une sorte d'« ange trieur » qui contrôlerait l'accès à la vie éternelle et le renvoi (l'excommunication) de la vie ecclésiale ? De plus, le pouvoir de lier et de délier les fautes a été accordé par Jésus à l'« Eglise » représentée par les disciples (Matthieu 18, 16) et pas seulement à l'apôtre Pierre.

Si la primauté de Pierre n'est guère discutée, l'étendue de celle-ci fait donc problème. Plus encore, ces « pouvoirs » de Pierre sont-ils transmissibles au cours des siècles ou n'ont-ils été accordés qu'au premier compagnon de Jésus ? Les catholiques professent cette transmission et font donc de Pierre le premier maillon d'une longue chaîne apostolique : il aurait été sinon le premier « pape » du moins le premier chef de l'Eglise, désigné par le Christ. Ses successeurs auraient hérité de ces pouvoirs surnaturels, bien qu'étant désignés par de simples mortels.

Les protestants et les orthodoxes, tout en reconnaissant la nécessité d'un ministère de l'unité, estiment que la succession apostolique ne saurait privilégier un seul homme. A la rigueur, l'Eglise peut désigner un *primus inter pares*, sorte de premier « ministre » (c'est-à-dire serviteur) de la Parole de Dieu, mais cette primauté de fonction n'est pas un privilège de pouvoirs.

Ceux-ci ne sont acquis au pape que s'ils étaient donnés à Pierre. A défaut d'être pape, celui-ci fut-il le premier « évêque » de Rome ? Il est difficile de se prononcer, les fonctions d'évêque (*épiskopos*) n'étant pas encore clairement définies dans la première génération d'apôtres. A défaut de trône épiscopal, on lui cherche une tombe pontificale. C'est pourquoi on fouille toujours sous la basilique Saint-Pierre dont le premier édifice fut construit, par l'empereur Constantin, au-dessus de la sépulture supposée de l'apôtre comme la basilique du Saint-Sépulcre sur l'éventuel tombeau du Christ. A défaut d'avoir eu les pouvoirs d'un pape, le pêcheur galiléen de saint-pierre (le poisson du lac de Tibériade) est vénéré comme un pontife.

Paradis

« Le paradis est une création de la Bible »

Le mot paradis est une invention iranienne et non biblique. Mais la Bible a transformé cette innovation et en a retiré un droit de propriété intellectuelle. Les Iraniens avaient créé le paradis sur terre, les juifs le paradis au ciel et l'Iran s'est fait voler son paradis.

Au commencement, il y avait Cyrus II dit le Grand (vers 560-530 avant J.-C.), fondateur de la dynastie achéménide. Ce « roi des rois » que la Bible nomme Messie (pour avoir libéré les juifs de Babylone) fit construire à Pasargadès un palais dans un jardin « entouré de murs », un *pairidaeza*. *Pairi* (cf. grec *péri*) est une préposition indiquant le fait d'entourer et *daeza* est issu de la racine indo-européenne *dheigh* exprimant l'idée de façonner de la terre, de modeler l'argile, de transformer un matériau : en dérivent les mots français « fiction », « figure », « effigie », « feinte », etc. La terre façonnée autour de ce jardin forme un mur : le jardin paradisiaque est un espace clos réservé au souverain et à sa cour.

Darius (522-486 avant J.-C.) fit édifier un second *pairidaeza* en sa capitale de Persépolis. Et les jardins persans se multiplièrent dans l'empire perse, en Asie centrale et en Inde grâce aux Moghols. Ce furent des jardins de délices pour les princes entourés de concubines ou des jardins funéraires pour les monarques défunts. Le Taj Mahal d'Agra est le plus célèbre de ces jardins de paradis, un décor de verdure (la couleur de l'islam) face au tombeau de marbre blanc (celui de l'empereur Shah Jahan 1628-1657 et de la préférée de ses mille sept cents épouses et concubines). Pour les grands de ce monde, l'amour et la mort, *éros* et *thanatos*, ont une scène commune : le paradis.

Ces paradis profanes ont une dimension religieuse et comportent quatre canaux, allusion aux quatre fleuves du paradis de la Genèse (2, 10 à 14). Ils ressemblent aussi au jardin d'Allah, séjour promis par le Coran aux « justes », décrit comme un lieu clos où coulent « des rivières à l'eau incorruptible, des ruisseaux de lait à la saveur inaltérable, des ruisseaux d'un vin délicieux à boire, des ruisseaux de miel clarifié ». Les croyants auront « des fruits de toutes espèces et le pardon de leur Seigneur » (Coran 47, 15). Le paradis futur récompense les justes et non les riches, une élite morale et non sociale.

La description coranique du jardin d'Allah a très probablement été influencée par les jardins persans alors répandus dans tout le Proche-Orient. Et quand l'Islam conquit la Perse (642 après J.-C.), la religion musulmane n'empêcha pas les poètes de Chiraz ou de

Nichapur, tels Hafez ou Omar Khayyam, de célébrer des parcs de délices, avec du bon vin et de beaux échansons, avant d'être enterrés dans des mausolées entourés de paradis.

Le destin biblique de ceux-ci est lié à la vie aventureuse d'un jeune reporter grec nommé Xénophon. Suivant la retraite des Dix Mille (les compagnons de Cyrus le Jeune révolté contre son frère Artaxerxès), il découvre des paradis, notamment celui de Célènes, ville de Phrygie : « Cyrus y avait une résidence et un grand paradis, plein de bêtes fauves qu'il chassait à cheval, quand il voulait s'exercer, lui et ses chevaux. Le milieu du paradis est traversé par le Méandre, qui prend sa source dans la résidence et coule ensuite à travers la ville » (*Anabase* 1, 2, 7). Même si les canaux des autres paradis, parfaitement rectilignes, n'ont pas le moindre « méandre », Xénophon est le premier auteur connu à avoir utilisé le terme grec *paradeisos*, calqué sur l'iranien *pairidaeza*.

Les traducteurs grecs de la Bible utilisèrent ce néologisme pour rendre l'hébreu *gan* désignant le jardin de l'Eden (le paradis terrestre) mais aussi pour décrire le pays d'Israël au retour de l'Exil : la terre des ancêtres est, pour le prophète Ezéchiel (28, 13), le « jardin de Dieu ». Le texte hébreu comportait aussi un mot, *pardès* (également dérivé de *pairidaeza*), désignant un jardin de roi ou de riche selon le modèle iranien. Le *pardès* ressemblait à la flore luxuriante et la faune luxurieuse des villas hollywoodiennes de nos séries télévisées.

L'usage religieux de *paradeisos* fut définitivement consacré à l'aube de l'ère chrétienne lorsque le judaïsme vit dans ce paradis non plus une terre prospère mais un lieu non terrestre et provisoire où les âmes des justes attendent la Résurrection. C'est en ce sens que Jésus peut dire au « bon larron » : « En vérité, je te le dis, aujourd'hui, tu seras avec moi dans le paradis » (Luc 23, 43).

Le paradis quitte alors la terre pour le ciel et ce mot est systématiquement utilisé pour traduire les termes sanskrits ou chinois décrivant les lieux de béatitude promis par les religions extrême-orientales (comme le « Paradis de l'Ouest » du bouddha Amitâbha). Chaque religion aura ainsi son paradis céleste mais Israël garde un paradis terrestre : les jardins persans du siège des Bahaïs, mouvement né au XIXe siècle, en Iran. Cet îlot de verdure dans la cité d'Haïfa montre l'évolution du paradis dont la végétation, autrefois désirée par les hommes du désert, est aujourd'hui recherchée par les citadins. D'oasis dans les sables, il est devenu parc dans la ville, espace libre dans la pression urbaine, nature vierge au cœur des pollutions.

Péché originel

« Saint Augustin a inventé le péché originel »

Cette idée est souvent exprimée par des auteurs souhaitant débarrasser le christianisme de la « culpabilité* judéo-chrétienne » et de l'obsession du péché, souvent sexuel. Comme le péché originel est (abusivement) assimilé à la seule « faute » d'Adam, laquelle est (injustement) réduite à la tentation sexuelle (il n'en est pas question dans le récit biblique), on dénigre ce faux péché originel en attribuant son invention à un évêque africain postérieur de quatre siècles à Jésus-Christ et de quinze siècles aux premiers écrits bibliques : Augustin d'Hippone. Mais saint Augustin n'a pas inventé le péché originel qui n'est qu'indirectement lié à la sexualité du couple mythique d'Adam et Eve.

Le péché originel est un mal essentiel et transmissible. Mal essentiel car tout homme est intrinsèquement pécheur : même le plus grand saint et l'acte le plus sublime ne sont pas exempts de motivations ambiguës ni de stratégies perverses. Freud voyait, non sans raison, des perversions extrêmes dans les vertus héroïques et une haine d'autrui chez les bienfaiteurs de l'humanité. Mal transmissible car il se reçoit dès la naissance par les influences pernicieuses et les envies incontrôlables dont hérite tout être humain par son histoire familiale et son destin pulsionnel : « les parents boivent et les enfants trinquent », dit l'adage, et personne n'ayant jamais eu de géniteurs parfaits ni d'aïeuls sans défaut, chacun doit assumer ce fardeau du « péché originel ».

« Les parents ont mangé des raisins verts et les enfants ont eu les dents agacées », disait un proverbe du Proche-Orient (Ezéchiel 18, 2) et à cette faute héréditaire correspondait une peine héréditaire : « C'est moi le Seigneur ton Dieu, un Dieu jaloux poursuivant la faute des pères chez les fils sur trois et quatre générations s'ils me haïssent » (Deutéronome 5, 9). Cette punition familiale, commune à plusieurs législations proche-orientales, obéissait à un déterminisme de la faute et de la peine : tel père, tel fils. S'il y a dans une même famille, des générations de délinquants, d'alcooliques ou de malades mentaux, c'est bien en raison d'une « traçabilité » des germes du mal que les Pères de l'Eglise nommèrent péché originel (*peccatum originalis*). On passe alors d'une punition de la descendance (sur trois ou quatre générations) à une malédiction du genre humain : l'homme est un éternel pécheur.

Mais la transmission de la peine fut supprimée par certaines législations proche-orientales. Selon les lois assyriennes (vers 1000 avant J.-C.), « si une femme a proféré des blasphèmes ou tenu des propos séditieux, cette femme supportera sa faute, on ne touchera ni à son mari, ni à ses fils, ni à ses filles » (tablette A 2). De même les prophètes bibliques (peut-être sous l'influence du droit babylonien) affirment : « Celui qui pèche, c'est lui qui mourra : le fils ne portera la faute du père ni le père la faute du fils : la justice du juste sera sur lui et la méchanceté du méchant sera sur lui » (Ezéchiel 18, 20).

En conséquence, le judaïsme ne professe pas de péché originel. L'islam non plus car le péché d'Adam est présenté par le Coran comme une simple omission et non une faute intentionnelle : Dieu avait fait « une alliance avec Adam mais il l'a oubliée » (sourate 20, 115). Il est d'ailleurs possible que cette indulgence coranique soit une réponse à la sévérité patristique, au moment où le christianisme venait de définir la notion du péché originel.

Celle-ci était déjà esquissée par saint Paul dans une phrase ambiguë où l'on distingue mal le péché personnel et le péché originel : « De même que par un seul homme le péché est entré dans le monde et par le péché la mort et qu'ainsi la mort a atteint tous les hommes parce que tous ont péché... » (Romains 5, 12). La faute héréditaire est ici le péché et la peine héréditaire la mort. Les Pères de l'Eglise opposèrent souvent Adam au Christ et Eve à Marie, les premiers apportant la mort spirituelle et les seconds la vie éternelle.

Vers 400 après J.-C., un moine d'origine britannique, Pélage, défendit la bonté de la Création et la liberté de l'homme de faire le bien par ses bonnes œuvres, avec ou sans la grâce de Dieu. Le pélagianisme fut condamné, en 418, par le concile de Carthage qui réaffirma le caractère général du péché originel et la nécessité absolue de la grâce (notamment reçue au baptême) pour s'en libérer.

Adversaire de Pélage, saint Augustin théorisa le péché originel issu de la volonté du premier homme « dans lequel nous avons tous été un comme nous avons tous été un dans le Christ » (pour le recevoir). Il y a donc en chaque homme un Adam et un Christ qui sommeillent et se réveillent. Saint Augustin n'a pas inventé le péché originel mais il l'a expliqué en une époque prédarwinienne où le premier homme, issu de Dieu et non du singe, était tombé du Ciel et non d'un arbre.

Si le mal est inhérent à la vie, il y a une chaîne de transmission du mal et de la vie, ainsi décrite par le professeur Rozenbaum, bon disciple de saint Augustin : « La vie est une maladie sexuellement transmissible et constamment mortelle. »

Peuple élu

« Les juifs se sentent privilégiés parce qu'ils sont un peuple élu »

C'est une idée floue et mal formulée. Et ce flou est entretenu par les bénéficiaires de ce « privilège » comme par leurs adversaires : la notion de « peuple élu » a influencé le șionisme comme l'antijudaïsme.

L'expression « peuple élu » n'est pas mentionnée exactement dans la Bible. Celle-ci recourt à des formules voisines : « mon serviteur, mon élu » (Isaïe 42, 1) ; « mon peuple, mon élu » (Isaïe 43, 20) ; « Israël, mon élu » (Isaïe 45, 4) ; « J'ai conclu une alliance avec mon élu » (Psaume 89, 4). L'omniprésence des possessifs s'explique par la singularité du choix car, dans la Bible, la notion d'élection s'applique à une personne unique (le choix d'une femme, d'un chef) ou à un objet précis (le choix d'un sanctuaire).

La désignation n'est pas collective mais individuelle : Israël est choisi par Dieu comme une personne aimée, non comme un peuple supérieur : « Ce n'est pas parce que vous étiez les plus nombreux de tous les peuples que Dieu s'est épris de vous et vous a choisis, car vous êtes le moindre de tous les peuples. Mais parce que Dieu vous a aimés » (Deutéronome 7, 7-8). En fait, Israël n'était pas si minuscule (la Phénicie était encore plus petite) mais face aux grands empires d'Egypte, de Perse ou d'Assyrie, Dieu a choisi un petit peuple : au géant Goliath, il a préféré David.

Une idée floue et un mot peu clair : la notion de peuple élu est basée sur un verbe hébreu (*bahar*) signifiant examiner avec soin, d'où choisir, préférer, mettre à part. Le sens premier de ce verbe est discuté et pourrait renvoyer à un examen visuel (jeter un regard sur l'objet à retenir ou à écarter) ou tactile (gratter une pierre pour en découvrir la substance).

Ce verbe, commun à plusieurs langues sémitiques, est passé dans le vocabulaire judiciaire avec le sens de prouver ou d'éprouver : dans le droit proche-oriental, la preuve est fournie par un signe divin. En Mésopotamie, le Fleuve (l'Euphrate) divinisé permet au corps de l'innocent de flotter et à celui du coupable de couler : le jugement de Dieu est la désignation du bon ou du méchant. Les victoires d'Israël sont les preuves de son élection divine et les défaites les signes de son rejet.

Cette préférence pour l'un n'est pas une exclusion des autres et l'élection d'Israël comporte plus de responsabilités que de privilèges. Dieu dit : « Vous garderez mes commandements et les mettrez en pratique : c'est ce qui vous rendra sages et intelligents aux yeux des peuples qui entendront toutes ces lois » (Deutéronome 4, 6) ; « Je t'ai destiné à être la lumière des nations afin que mon salut parvienne jusqu'à l'extrémité de la terre » (Isaïe 49, 6).

Reste à savoir comment incarner un tel idéal. Le peuple choisi par Dieu devait être « un royaume de prêtres et une nation sainte » (Exode 19, 6). Or, l'histoire sainte abonde en péchés commis par Israël et dénoncés par les prophètes tandis que les prêtres ne jouent plus un rôle majeur depuis la destruction du troisième Temple de Jérusalem en 70 après J.-C. Le judaïsme réformé ne sépare d'ailleurs plus les descendants des prêtres (*cohanim*) du reste du peuple.

La notion de « peuple élu » est-elle compatible avec

un judaïsme laïque ? Dans la diaspora, les juifs ont parfois été accusés d'entretenir un complexe de supériorité économique ou intellectuelle compensant leur infériorité numérique et électorale : la communauté juive aurait plus d'argent que de voix, plus de cerveaux que de main-d'œuvre. Mais le même reproche a été adressé à d'autres minorités, la « haute société protestante » étant, dans les fantasmes identitaires, l'équivalent du « lobby juif ». Que le « peuple élu » ait enfanté Rothschild et Einstein ne suffit pas à faire de lui une nation de privilégiés et même les moins bien disposés à son égard ont manifesté une certaine sympathie (condescendante) à l'égard des « petits juifs ».

Plus inquiétante pourrait être la conscience de former un « peuple élu » dans le nouvel Etat d'Israël. Dans sa conférence de presse du 27 novembre 1967, le général de Gaulle avait soulevé une vive émotion chez les amis d'Israël avec la phrase suivante, prononcée quelques mois après la guerre des Six Jours : « Certains redoutaient que les Juifs, jusqu'alors dispersés, mais qui étaient restés ce qu'ils avaient été de tous temps, c'est-à-dire un peuple d'élite, sûr de lui et dominateur, n'en viennent, une fois rassemblés dans le site de leur ancienne grandeur, à changer en ambition ardente et conquérante les souhaits très émouvants qu'ils formaient depuis dix-neuf siècles. »

Du « peuple élu » au « peuple d'élite », la distance est minime. Le général de Gaulle prenait bien soin (ce que ses adversaires oublièrent) de condamner « les abominables persécutions qu'ils (les Juifs) avaient subies pendant la Deuxième Guerre mondiale » et de saluer « leurs travaux constructifs et le courage de leurs soldats ». Il importe aujourd'hui que le « peuple choisi par Dieu » fasse le choix de la paix et que le « peuple élu » fasse des bonnes élections. Car la faute originelle de l'Etat d'Israël est le choix d'un système électoral fondé sur la proportionnelle intégrale. Ce système, qui ne dégage pas de majorité stable et favorise les extrémistes, était celui de la République de Weimar et conduisit Hitler au pouvoir en toute légalité. Il faudra peut-être le modifier.

Philosophie

« Le bouddhisme est une philosophie, pas une religion »

Mélanger des mots d'origine indienne (bouddhisme), grecque (philosophie) et latine (religion), c'est risquer une faute de goût et une erreur de sens : on ne peut trancher aussi brutalement par une affirmation ou une négation un débat qui, dans ces trois langues, se pose en termes aussi difficiles à traduire.

Le bouddhisme est né du Bouddha comme le christianisme du Christ alors que le judaïsme, l'hindouisme et l'islam ne tirent pas leur nom d'un personnage (même si les musulmans furent longtemps appelés des « mahométans ») : on doit donc se référer à leur fondateur (ou du moins à celui qui, après sa mort, a été reconnu comme fondateur) pour apprécier leur doctrine. Si le bouddhisme est une philosophie, pas une religion, le Bouddha était un philosophe, pas un religieux.

Le philosophe étant un ami (*philos*) de la sagesse (*sophia*), le Bouddha en fut-il un ? On l'appelait Shâkyamuni, expression improprement traduite par le « sage du clan des Shâkya ». En sanskrit, *muni* désigne un homme à la fois érudit et dévot, savant et ascète, mage et saint, poète inspiré et ermite de la forêt. La tradition indienne ne sépare pas la façon de penser du mode de vie et on ne peut comparer le Bouddha qu'à des philosophes ayant mis en actes leur doctrine. On pense ici à Diogène le cynique ou à Socrate le sage. Comme Diogène, le Bouddha enseignait et pratiquait le mépris des plaisirs, des richesses et des honneurs. Comme Socrate, il accouchait les esprits de ses disciples et prêchait la connaissance de soi-même pour mieux combattre l'ignorance.

Et comme les stoïciens, le Bouddha recherchait l'ataraxie, l'impassibilité de l'âme et l'immobilité du corps étant, chez tous les ascètes indiens, indissolublement liées. Maître de l'apathie, Bouddha était le philosophe de la non-douleur, le théoricien de la sérénité. Le bouddhisme, dans ses différentes écoles, n'a jamais renié cet enseignement et peut donc être considéré comme une philosophie.

Mais pourquoi ne serait-il pas une religion ? Observons, d'abord, que le christianisme est à la fois une philosophie et une religion. L'étude de la philosophie précède même celle de la théologie dans les séminaires catholiques. Thomas d'Aquin et Augustin d'Hippone furent saints et philosophes, enseignant la doctrine d'une religion et la sagesse d'une foi. Il en est de même du bouddhisme qui conjugue l'intellectuel et le surnaturel, la réfutation des erreurs et le dépassement de la raison, la critique des illusions (du désir) et la croyance au mystère (des renaissances). Le Bouddha était l'« Eveillé » (*Bodha*), unissant connaissance et révélation, intelligence et illumination.

Si la religion est l'accomplissement scrupuleux d'actes rituels, le bouddhisme a ses liturgies, ses monastères, ses pagodes où la vie quotidienne est rythmée par la prière, marquée par les quêtes, colorée par les robes des moines. Et si la religion est un lien social entre les humains partageant les mêmes convictions, le bouddhisme a ses processions d'offrandes, ses pèlerinages aux lieux saints, ses fêtes populaires et son calendrier. Le bouddhisme est la religion la plus « religieuse » du monde en ce sens qu'elle imprègne tout l'espace et le temps avec ses innombrables stupas et bouddhas de pierre qui barrent les horizons et passent les siècles.

Pourquoi donc les Occidentaux considèrent-ils souvent le bouddhisme comme une philosophie et non comme une religion ? Sans doute y voient-ils une sagesse individuelle et non une croyance collective dans la mesure où l'individualisme contemporain se méfie des adhésions « forcées » (le baptême des enfants) et des pratiques « obligatoires » (la messe du dimanche). Le bouddhisme est alors parfois le refuge des déçus du christianisme (religion majoritaire en Occident) dont la démarche personnelle exige un effort singulier : « entrer dans le courant » (du bouddhisme), c'est nager à contre-courant de la civilisation qualifiée de « judéo-chrétienne ».

Plaisir

« Le christianisme est obsédé par le sexe et il est l'ennemi du plaisir »

Ce double reproche n'est pas faux mais il pourrait s'adresser à la plupart des religions qui, selon Freud, fortifient le surmoi répressif et combattent le ça des pulsions. Freud considère aussi les tendances fautives et les plaisirs coupables comme les ingrédients irremplaçables de l'exaltation biblique d'un Père sévère : « Le péché est indispensable si l'on veut jouir de toutes les bénédictions de la grâce divine ; le péché est donc en fin de compte une œuvre agréable à Dieu » (*L'Avenir d'une illusion*, chapitre 7).

Felix culpa, disait déjà un vieux cantique paraphrasant saint Paul : « Heureuse faute qui nous valut un tel Rédempteur. » Reste à savoir pourquoi cette faute serait d'abord sexuelle et comment le christianisme aurait condamné dans l'appétit sexuel la chair pulpeuse du fruit défendu, d'autant plus délicieux qu'il est interdit.

Dans l'Ancien Testament, la sexualité est à la fois moyen de connaissance et source de descendance. Un même verbe (*yada*) signifie connaître (une personne) et pénétrer (une femme). Adam « connut » Eve en ce que le corps dénudé et le plaisir exprimé révèlent l'intimité de l'être : un esprit pénétrant dévoile une énigme, un corps pénétrant découvre une inconnue. La Bible privilégiant le regard masculin, le point de vue de la femme y est moins exprimé.

La connaissance de la femme engendre une descendance et fait de l'homme un patriarche « fécond à l'extrême » (Genèse 17, 6), père d'une multitude d'enfants qui deviendront soldats. Dans l'Etat d'Israël, antique ou moderne, la fécondité humaine est un impératif de défense et la stérilité un désastre patriotique. Gaspiller la semence est le péché d'onanisme, Onan étant un fils de Juda qui « laissa son sperme se perdre à terre » (Genèse 38, 9) pour ne pas donner de descendance à la femme de son frère. Et, punissant ce refus d'observer la loi du lévirat, Dieu retira la vie à celui qui avait retiré son sexe.

La connaissance de la femme et la descendance de l'homme deviennent des objectifs secondaires à l'aube de l'ère chrétienne. Des communautés comme celle des esséniens (probablement les auteurs des célèbres manuscrits de la mer Morte trouvés près de Qumrân) se fixent à l'écart du monde et renoncent à ses plaisirs au profit d'une morale de dépouillement et d'une spiritualité du « désert ». Le couple devient l'ennemi du groupe dans ces communautés égalitaires où « tous étaient unis et mettaient tout en commun » (Actes des apôtres 2, 44). On imagine mal Jean-Baptiste, « vêtu de poil de chameau, nourri de sauterelles et de miel sauvage » (Luc 3, 4), avoir le plaisir de prendre épouse et la joie d'être père. La connaissance (en grec, la « gnose ») concerne Dieu et non une femme, la descendance se fait selon l'Esprit (Jésus conçu du Saint-Esprit) et non avec la chair.

Le célibat devient une promesse d'éternité et le sexe un plaisir périssable. La théologie de saint Paul condamne le monde de la chair (en grec *sarx*) destinée à mourir, à finir dans ce « mangeur de chair » qu'est le *sarcophage*. L'Esprit immortel est exalté et le corps mortel dévalué puisque bientôt viendra la résurrection de la chair en un monde à venir où il n'y aura plus « ni femme ni mari » (Luc 20, 34).

En attendant, il faut se préparer à l'Apocalypse, en ce temps de catastrophes pour le peuple juif (la destruction du Temple) et la communauté chrétienne (les persécutions romaines).

Les Pères du désert affrontent le démon de la chair et la tentation de saint Antoine illustre ce combat contre les jouissances passagères. Il faut mortifier le corps et vivifier l'âme, engendrer des disciples et non procréer des enfants. Mais si le christianisme primitif a été fortement marqué par cette méfiance stoïcienne envers les plaisirs du sexe, toutes les religions ont, à des degrés divers, réduit le champ des fantasmes et la sphère des orgasmes.

Le judaïsme a interdit la sodomie et l'islam limité la polygamie (à quatre épouses). L'hindouisme a fait de la jeunesse l'âge de l'étude et de la chasteté (du moins en théorie), celui du *Brahmâchârin* (l'« étudiant de l'Absolu »). Le bouddhisme, surtout dans sa forme première (la Doctrine des Anciens ou Theravâda), a considéré l'appétit sensuel (*trishnâ*) comme une source d'attachements et, donc, une cause de souffrance. Le parallélisme entre christianisme et bouddhisme primitifs est d'ailleurs frappant : les deux doctrines voient dans le besoin du plaisir une forme d'addiction, un esclavage des sens, une dépendance à l'égard de la chair qui, dans la théologie médiévale, porte le nom suggestif de *concupiscence*.

Celle-ci est l'œuvre du diable, de ce prince des démons qui tente Jésus sous le nom de Satan et Bouddha sous celui de Mâra. Mais nombre de religieux ont dénoncé le mépris de la chair et le dédain du sexe sans pour autant être traités d'adeptes de Lucifer. C'est donc à un jésuite, Jean Mambrino, que l'on empruntera la conclusion : « Mais ne méprise jamais, pèlerin, dans les derniers replis du soir, au bord des lacs où dorment les montagnes, la femme plus odorante que les pins, au corps de pollen et de raisin noir » (*Sainte Lumière*, Desclée de Brouwer).

Pouvoirs

« L'Eglise a toujours défendu les pouvoirs établis »

Et elle s'est toujours défendue contre eux. Le score est donc nul : l'Eglise sacralise ou diabolise le pouvoir en fonction de ses idéaux et de ses intérêts. Elle stigmatise le mauvais roi ou glorifie le bon prince qui peut d'ailleurs être le même personnage, après repentance de ses fautes et donation aux bonnes œuvres : Henri IV (d'Allemagne), allant à Canossa, fut pardonné par le pape (Grégoire VII) et fit élire... un antipape (Clément III). Napoléon Ier, signant le Concordat, fut sacré empereur et considéré par les évêques de France comme un « nouveau Cyrus », l'égal du libérateur des juifs de Babylone. Et le vainqueur d'Austerlitz fit ce judicieux constat : « Les conquérants habiles ne sont jamais brouillés avec les prêtres. »

Saint Paul écrivait aux Romains : « Que tout homme

soit soumis aux autorités exerçant le pouvoir car il n'y a d'autorité que grâce à Dieu et celles qui existent sont établies par lui. Celui qui s'oppose à l'autorité se rebelle contre l'ordre voulu par Dieu et les rebelles attireront la condamnation sur eux-mêmes » (Romains 13, 1-2).

Le mot grec désignant l'autorité (*exousia*) est un dérivé du participe du verbe « être » (*ousia*) qui a le double sens de l'être et de l'avoir, de l'essence spirituelle et du bien matériel. L'autorité est donc tantôt terrestre (le monarque et ses représentants), tantôt céleste (le dieu unique et ses envoyés, notamment les anges). Ce dernier constitue « les Autorités et Pouvoirs dans les cieux » (Ephésiens 3, 10). Sur la terre comme au ciel, avec des êtres visibles et invisibles, ont été créés « Trônes et Souverainetés, Autorités et Pouvoirs » (Colossiens 1, 16).

Paul partage une croyance juive héritée des Perses selon laquelle toute autorité terrestre a son correspondant céleste. Cette double hiérarchie maintient l'ordre d'en haut et d'en bas (la révolte des anges est aussi dangereuse que celle des hommes comme le prouve la rébellion de Lucifer). A l'autre bout du monde, le taoïsme chinois possède aussi sa bureaucratie céleste, parallèle à l'administration impériale, chaque ministre de la Cité interdite ayant son homologue dans les hautes sphères.

Avec ce système de doubles commandes, le pilotage du monde est très sûr, sauf en cas d'attaque simultanée contre le double « pouvoir sacré » ou hiérarchie. Bossuet fut le théoricien de cette monarchie (et de tout pouvoir centralisé) de droit divin : « Dieu est le vrai roi... l'autorité royale est sacrée... on doit obéir au prince par principe de religion et de conscience... les princes agissent comme ministres de Dieu et ses lieutenants sur la terre » (*Politique tirée des propres paroles de l'Ecriture sainte*).

Mais la sainte obéissance au roi pieux a pour symétrique la juste révolte contre le tyran impie. Aux conseils de soumission de l'Epître aux Romains succèdent les messages codés de l'Apocalypse, dirigés contre « le grand dragon, l'antique serpent, celui qu'on nomme Diable et Satan » (Apocalypse 12, 9), c'est-à-dire Rome.

Ces deux théologies peuvent être utilisées tour à tour, voire simultanément, pour ou contre un même pouvoir. En Grande-Bretagne, le roi Henri VIII a créé une « Eglise établie » (anglicane) mais Cromwell prêcha la révolution contre cet *establishment* et encouragea les Eglises « non conformistes ». Au Mexique, les évêques catholiques prônaient la soumission au colonisateur espagnol mais des dominicains comme Bartolomé de Las Casas refusaient l'absolution aux auteurs de violences contre les indigènes.

Ces prêtres eurent des successeurs plus radicaux qui s'engagèrent dans les guérillas marxistes ou dans des gouvernements révolutionnaires voire totalitaires (comme celui du père Jean-Bertrand Aristide à Haïti) en Amérique latine. Plus pacifique, la théologie de la libération recommanda, avec don Helder Camara, une protestation non violente contre les gouvernements conservateurs et les propriétaires terriens.

Mais dans les mêmes pays et au même moment, des évêques, des prêtres et des pasteurs bénissaient les dictatures militaires au nom de la même religion. De même, dans l'islam, la monarchie saoudienne protège les Lieux saints du Prophète et l'or noir du pétrole dans une parfaite confusion entre richesses matérielles et spirituelles. Mais les Frères musulmans prêchent la révolution sociale au nom du même Prophète et le meurtre des tyrans au nom de la même foi.

Prêtres

« Il y a de moins en moins de prêtres »

C'est vrai pour la France où, en trente ans, le nombre de prêtres catholiques (diocésains ou religieux) a été divisé par deux et le nombre d'ordinations sacerdotales par cinq. Mais c'est faux à l'échelle mondiale où l'effectif des prêtres demeure stable et où les ordinations sacerdotales sont en hausse.

On compte une ordination sacerdotale pour quatre départs de prêtres à la retraite en Europe, une pour six en Amérique du Nord. Inversement, chaque fois qu'un prêtre part à la retraite, deux sont ordonnés en Asie et quatre en Afrique. Le catholicisme (comme le protestantisme) devient une religion du sud de la planète : il est normal que les prêtres (comme les pasteurs) s'y recrutent en plus grand nombre.

D'autant que les critères de recrutement y sont plus souples et les conditions de vie plus attrayantes : être prêtre (ou pasteur) est un signe de promotion sociale en Afrique où, par ailleurs, la hiérarchie ferme souvent les yeux sur les entorses discrètes à la règle du célibat. Au contraire, en Europe et en Amérique du Nord, les prêtres souffrent d'un certain déclassement social et l'entrée au séminaire est plus strictement contrôlée, notamment en raison des affaires de pédophilie qui ont fait beaucoup de tort à l'image des prêtres et coûté beaucoup d'argent aux caisses diocésaines : au Canada, les évêques collaborent avec les autorités judiciaires pour dépister les éventuels sujets à risque parmi les rares postulants au sacerdoce.

En France, le nombre de prêtres ne diminue pas plus vite que celui des fidèles à la messe du dimanche ou des habitués des aumôneries. Le rapport numérique entre sacerdoce et laïcat est donc stable. Et comme on ordonne désormais autant de diacres que de prêtres, le nombre de ministres ordonnés annuellement ne diminue guère. Mais les diacres étant parfois considérés comme de « faux prêtres », leur rôle important est sous-estimé.

Le sentiment d'un manque de prêtres relève plus de la géographie que de la démographie : l'exode rural et la baisse de la pratique créent de vastes zones dépeuplées où un seul prêtre doit abreuver spirituellement un troupeau dispersé. Les églises dans nos campagnes sont aussi vides que les puits au désert et les nouvelles paroisses regroupées ont une dimension à peine suffisante. Le problème, pour les prêtres, est moins le nombre des fidèles que celui des kilomètres pour aller à leur rencontre. Le département de la Lozère n'a pas plus d'habitants que la paroisse parisienne de Saint-Pierre-de-Montrouge mais les déplacements, surtout en hiver, y sont moins aisés.

A l'échelle des millénaires, les clergés ont plus souffert de pléthore que de pénurie. Il y avait 81 322 prêtres dans le temple d'Amon à Karnak : pour échapper à la toute-puissance du clergé thébain, Aménophis IV préféra le culte d'Aton, première religion monothéiste attestée. Il y avait de 12 000 à 15 000 prêtres et lévites dans le Temple de Jérusalem au temps de Jésus : pour lutter contre les abus du clergé héréditaire et le commerce de ce culte populaire, Jésus voulut « détruire » le Temple, vœu que, hélas, le général romain Titus prit au pied de la lettre.

Si l'obligation du célibat était levée, le nombre de vocations sacerdotales augmenterait probablement, d'autant que le métier de prêtre, comme celui de médecin ou d'avocat, pourrait se pratiquer de père en fils, voire de mère en fille si les femmes étaient admises au sacerdoce. Peut-être même l'Eglise redoute-t-elle une invasion des séminaires.

Mais aborder le problème de la prêtrise sous un jour purement quantitatif est nettement insuffisant. En France, il y avait, au début du XVIIIe siècle, un prêtre pour cent catholiques contre un pour deux mille aujourd'hui. Le surnombre engendrait une promiscuité dans les sacristies et une oisiveté dans les presbytères. Il fallut le grand mouvement missionnaire du XIXe siècle pour résorber cet excédent et transformer un neuvième vicaire à la cathédrale en curé de brousse dans les colonies.

Mais celles-ci, devenues indépendantes, ont désormais leur propre clergé et « exportent » même des prêtres en Europe et en Amérique du Nord. Les vieilles nations chrétiennes souffrent moins d'un manque de prêtres que d'une dévalorisation du sacerdoce. Elles ont à choisir entre des laïcs, des diacres et des prêtres pour rendre des services spirituels très variés : les laïcs peuvent présider des obsèques et les diacres célébrer des mariages. Les prêtres demeurent irremplaçables pour dire la messe et entendre la confession. Plus âgés que naguère (trop parfois), ils redeviennent des « presbytres ».

Quant aux religieux (prêtres ou non) souvent oubliés par l'opinion publique, leur nombre diminue, en France, au même rythme que celui des prêtres diocésains tandis que la baisse des vocations féminines est encore plus rapide : la clôture s'accommode mal de la libération de la femme. Seules les communautés les plus traditionnelles recrutent en masse, ce qui augure mal de l'ouverture de l'Eglise sur le monde. Ces trente dernières années, les trois quarts des congrégations ont fermé leurs noviciats et elles ne subsistent parfois que sous la forme d'une tombe collective dans un coin de cimetière.

On consolera les survivants en leur racontant tous les malheurs des moines bouddhistes en surnombre. En Birmanie, ils sont plus de trois cent mille et dépendent largement des subsides de la junte militaire. En Thaïlande, ils sont aussi nombreux et leurs frasques dans les salles de jeu ou les salons de massage sont dénoncées quotidiennement par les journaux. Dans le Tibet de 1950, ils étaient cinq cent mille (soit un tiers de la population masculine), et vivaient entassés dans des monastères-forteresses. Ces Tibétains ne pouvaient savoir que moine (du grec *monos*) veut dire « seul ».

Réincarnation

« La réincarnation vient de l'Inde »

L'idée vient d'Inde et de Grèce mais le mot est français. Il fut probablement inventé par le Lyonnais Allan Kardec (1804-1869), fondateur du spiritisme et auteur du *Livre des esprits* (1857) où il expliquait que l'esprit peut progresser par des réincarnations successives dans des corps, imposées « aux uns comme expiation et aux autres comme mission ». Le corps est un fardeau ou un outil vers un monde meilleur. L'un des disciples de Kardec fut Conan Doyle, auteur de nombreux ouvrages sur le spiritisme et père de Sherlock Holmes qu'il fera disparaître avant de le « ressusciter » mais pas de le réincarner.

Ces deux mutations risquent d'être confondues par un vocabulaire ambigu. « Réincarnation » est un mot formé sur « incarnation », terme exprimant le mystère par lequel le dieu des chrétiens a pris chair (une seule fois) en Jésus avant d'être ressuscité (une seule fois) le jour de Pâques. Or, la réincarnation désigne habituellement le séjour d'une même âme dans une succession de corps différents qu'elle quitte à leur mort pour entrer dans la chair d'un nouvel être vivant. Logiquement, lors des incinérations, les hindous donnent donc un coup de maillet sur le crâne du défunt pour permettre l'envol de l'âme hors de son enveloppe corporelle.

Les Indiens nomment ces mouvements de l'âme *samsâra*, littéralement « parcours ensemble », comme si l'âme était ce relais qui passe de main en main, de corps en corps dans une course par équipe où les relayeurs font le tour de la vie dans une ronde du temps. Cette transmigration de l'âme peut être justement nommée « réincarnation » dans l'hindouisme, mais il vaut mieux parler de « renaissance » dans le bouddhisme, religion qui (du moins à son origine) ne postule pas l'existence d'une âme : cette renaissance y est la transmission d'une existence à une autre comme la flamme d'une bougie s'allume à sa voisine.

Les Indiens sont-ils les inventeurs de cette croyance ? Les plus anciennes religions connues par des textes, comme celles des Egyptiens ou des Mésopotamiens, n'y font pas référence. En Inde même, elle ne semble apparaître que vers le VIe siècle avant J.-C. et correspondrait à la fois à une démocratisation de la vie éternelle (tous les êtres humains pourraient survivre après la mort alors que l'éternité était réservée auparavant aux dieux et aux rois) et à une responsabilisation des êtres humains (les mauvais revivront dans un corps pénible et les bons dans un corps agréable). Les chefs promettaient ainsi à leurs sujets une longue suite d'heureuses vies s'ils étaient obéissants et résignés. Toutes les religions nées en Inde (hindouisme, jaïnisme, bouddhisme, sikhisme) professent une succession d'existences.

Dans l'hindouisme, la réincarnation peut se faire dans un corps de divinité, d'homme, d'animal, voire dans une plante ou une pierre (ces deux dernières formes de renaissance n'existent pas dans le bouddhisme) : une bonne « action » (*karma*) génère une réincarnation dans une catégorie supérieure, une mauvaise action engendre une rétrogradation en un corps inférieur. Chacun n'a que ce qu'il mérite : le saint-bernard pourrait renaître homme et le pitbull limace car tout être vivant connaît et pratique le bien ou le mal. La morale établit la valeur des espèces, l'éthique étalonne l'échelle de Darwin.

La réincarnation n'est pas un cycle fermé. Elle est une spirale ascendante ou descendante comme le confirme l'orphisme, doctrine ésotérique grecque apparue au VIe siècle avant J.-C. : selon ses mystères, l'âme immortelle passe de corps en corps humain ou animal mais chaque réincarnation est précédée d'un séjour de purification et de pénitence aux Enfers (l'invention du Purgatoire, dans le Moyen Age chrétien, est à relier à cette croyance en une épreuve temporaire « infernale », croyance également mentionnée dans les Lois indiennes de Manou). Dans l'orphisme comme dans l'hindouisme, il est généralement plus facile de descendre l'échelle des êtres que de la remonter, le châtiment des fautes de conduite étant plus rapide que la récompense des bonnes actions comme dans le malus-bonus de nos primes d'assurance.

Les disciples d'Orphée étant végétariens, il est possible (mais non prouvé) que leur doctrine ait été influencée par la religion de l'Inde, ce qui tendrait à confirmer que la réincarnation est d'origine indienne. Mais elle s'est largement répandue dans le christianisme et dans l'islam au sein d'« hérésies » et de dissidences plus ou moins tolérées ou combattues.

Dans le Moyen Age chrétien, les cathares croyaient à la réincarnation et ne tuaient pas d'animaux de peur que ceux-ci ne contiennent une ancienne ou future âme humaine : cette foi en la réincarnation pourrait provenir d'une influence indienne. Chez les musulmans, les alaouites de Syrie (la confession du président El Assad) et les druzes partagent la même croyance, de même que certains mystiques soufis. La meilleure apologie de la réincarnation est sans doute donnée par le poète afghan (un voisin de l'Inde) Jalâl al Dîn Rûmî (1212-1273) : « Quand j'étais pierre, je suis mort et je suis devenu plante. Quand j'étais plante, je suis mort et je suis parvenu au rang d'animal. Quand j'étais animal, je suis mort et j'ai atteint l'état d'homme. Pourquoi aurais-je peur ? Quand ai-je perdu quelque chose en mourant ? »

La mystique juive de la Kabbale accorde une large place à la réincarnation qui influença de nombreux courants ésotériques et gnostiques, fondés sur une connaissance supérieure réservée aux initiés. Cette influence est-elle venue de la Grèce ou de l'Inde ? Puise-t-elle à un fonds commun de croyances diffuses ou au corps spécifique de telle doctrine ? Nul ne sait. Et l'imprécision du vocabulaire (transmigration, réincarnation, métempsycose, palingénésie, etc.) grec ou latin, traduisant mal des concepts indiens, ne facilite pas la réponse. Si le mystère de l'incarnation est une innovation chrétienne, le mystère de la réincarnation est devenu l'héritage indivis d'un legs indo-grec.

Religion

« La religion est ce qui relie »

C'est une idée à moitié juste et une étymologie à demi fausse. « Religion » vient du latin *religio* désignant l'attention scrupuleuse, la crainte pieuse, la dévotion cultuelle et l'effacement d'une culpabilité par un sacrifice d'expiation. Ce nom est issu du verbe *relegere* exprimant l'idée de repasser (par la pensée), de recueillir (une tradition), de relire (un ouvrage). La religion était, pour les Romains, une crainte pieuse qui renvoyait à de vieux principes ou à de vieilles pratiques et incitait au recueillement de l'esprit et à la récollection de l'âme. En ce sens, la religion fait retour sur le passé et sacralise les « immortels » : c'est un frein à l'innovation plus qu'un lien entre les êtres.

Mais tous les citoyens d'une même ville sacrifient aux mêmes dieux et, après la conversion au christianisme, la communauté religieuse s'étendit aux dimensions de l'Empire. La religion apparaît alors comme un lien spirituel, un attachement aux mêmes valeurs, un trait d'union entre l'homme et Dieu comme entre les membres d'une même Eglise. Il est donc tentant de faire dériver *religio* de *religare*, signifiant « relier ». Cette étymologie populaire, historiquement fausse, est théologiquement juste et, dans son Epître aux Romains (12, 41), saint Paul rappelle que « comme nous avons plusieurs membres d'un seul corps, nous sommes un seul corps en Christ ». La religion devient lien social et chaîne mystique.

Pour les Grecs, la religion (*therapeia*) était un

« soin » aux dieux et à leurs autels, pour les Chinois (*jiao*) un « enseignement » des maîtres à leurs disciples. Chaque langue a donc privilégié un des aspects de la religion pour lui donner un nom, mais on pourrait tout aussi bien inverser ces termes et considérer la religion chinoise comme une thérapie (le taoïsme est d'abord une médecine sacrée) et la religion grecque comme un enseignement (la gnose des cultes à mystères).

Quant à la double étymologie latine, elle s'applique bien à la plupart des systèmes religieux du monde. Hors l'hypothétique âge d'or d'une innocence primitive, il n'y a guère de religion sans scrupule : la *religio* est bien un *scrupulum*, le scrupule étant, à l'origine, une petite pierre pointue, une gêne à l'action, un obstacle à l'avancement comme un caillou dans la chaussure.

Ce frein de la morale peut venir de la peur de Dieu et la Bible nomme « craignants-Dieu » tous les croyants même non pratiquants. Une Eglise protestante, la Société des Amis, est même connue sous son surnom de Quakers, les « Trembleurs » (devant Dieu), qui est désormais une célèbre marque de corn-flakes. Mais une crainte, obsessionnelle ou révérencieuse, ne suffit pas à créer un système de croyances et de pratiques. Pour devenir une religion instituée, il lui faut aussi tisser des liens entre fidèles, nouer une amitié entre membres d'une même communauté que l'islam nomme *oumma* et le christianisme « Eglise » (du grec *ecclésia*, « assemblée »).

Plus la religion relie, plus elle divise. Elle creuse un fossé entre croyants et incroyants, fidèles et infidèles, pieux et impies. En multipliant les obligations alimentaires ou vestimentaires, une religion crée l'uniforme entre les siens et le contraste avec les autres. Lorsque la différence n'est plus vivable, il n'y a que la guerre pour rétablir le droit d'autrui. Le lien religieux est, comme le nœud gordien, si serré qu'il faut le trancher pour le défaire. On peut amender une loi, modifier un contrat, voire organiser un divorce, on ne négocie pas une religion.

Tous ceux qui l'ont tenté ont échoué. En Inde, l'empereur Ashoka essaya de convoquer un concile (vers 244 avant J.-C.) pour réconcilier les écoles bouddhistes rivales, mais cette tentative durcit les antagonismes et aboutit à la rupture entre la Doctrine des Anciens (Theravâda) et les nouveaux adeptes du Grand Véhicule (Mahâyâna). A Rome, l'empereur Constantin convoqua le concile de Nicée (325 après J.-C.) qui aboutit à la rédaction d'un Credo, aussitôt contesté par les minoritaires, fidèles du prêtre Arius qui niait la pleine divinité du Christ.

L'idée même de compromis, nécessaire à tout œcuménisme (les grands conciles chrétiens sont dits, justement, œcuméniques), semble une injure à la vérité, confondue avec l'erreur. Quand Jésus, pharisien schismatique, disait annoncer la vérité, Pilate lui répondit : « Qu'est-ce que la vérité ? » (Jean 18, 38). Mais le scepticisme du préfet n'empêcha pas la Crucifixion. Si le Christ avait relativisé la foi et « mis de l'eau dans son vin », il eût sans doute évité la mort brutale. Mais il n'y aurait pas aujourd'hui cinq cent mille prêtres pour célébrer son sacrifice au cours de messes où, justement, ils mettent de l'eau dans le vin pour symboliser l'« eau » sortie du côté du Crucifié en même temps que son sang.

Si la religion divise, la « Terre sainte » est le lieu de toutes les divisions où rivalisent quatorze confessions chrétiennes traditionnelles auxquelles s'ajoutent de nombreuses communautés protestantes plus récentes, soit une trentaine d'Eglises pour une seule foi et un seul baptême. Les édifices du culte sont des lieux de conflit : à Bethléem, orthodoxes, arméniens et franciscains se partagent et se disputent la basilique de la Nativité. A Jérusalem, catholiques latins, grecs orthodoxes, arméniens, syriaques, coptes et éthiopiens cohabitent difficilement au Saint-Sépulcre dont la clef, pour éviter les disputes, est confiée à une famille... musulmane. Ainsi est vérifiée la prophétie de Jésus : « Pensez-vous que je sois venu apporter la paix à la terre ? Non, plutôt la division. Désormais, s'il y a cinq personnes dans une maison, elles seront divisées : trois contre deux et deux contre trois » (Luc 13, 51). La discorde est une valeur évangélique et, sans les premiers baptisés qui rompirent avec leur famille juive ou « païenne », il n'y aurait jamais eu de christianisme.

Résurrection

« Les juifs, les chrétiens et les musulmans croient en la résurrection »

Pendant des siècles les juifs n'y ont pas cru, et certains n'y croient toujours pas. Les chrétiens y croient diversement en mélangeant parfois résurrection et paradis, deux notions que les musulmans associent par les descriptions imagées du Coran.

Trois mille ans avant Marx, les Hébreux croyaient au paradis* sur terre : une Terre promise où coulent le lait et le miel et où chacun reçoit selon ses besoins une manne aussi abondante que ce que « chacun peut manger » (Exode 16, 16). Le bonheur était promis par Dieu à ses fidèles dès la vie terrestre et non dans un lointain au-delà. Celui-ci était un vague séjour des morts, assez semblable à l'Hadès des Grecs : un *chéol*, lieu souterrain assez mystérieux, inférieur mais pas infernal, sorte de coma artificiel où se maintient un minimum d'existence mais où cesse de vivre l'être de chair.

Les bons et les méchants y sont mélangés puisque récompenses et punitions ont déjà été décernées du vivant de chacun. « Le Seigneur gardera le pas de son fidèle mais les méchants périront dans les ténèbres », dit le cantique d'Anne, mère de Samuel (1 Samuel 2, 9) qui espère une ère terrestre de justice. « Il comble de biens les affamés, renvoie les riches les mains vides » (Luc 1, 53), affirme encore Marie, qui semble avoir compté sur une rétribution dès la vie présente et, peut-être, ne pas avoir cru en la résurrection.

Cette foi se fit jour très lentement. D'abord, vers le VIe siècle avant J.-C., Job affirme que « les gisants ne se relèveront pas et ne surgiront pas de leur sommeil » (14, 12) mais que, pour lui, le juste, il y aura une exception : « c'est bien dans ma chair que je contemplerai Dieu » (19, 26). Lors de l'Exil à Babylone, le prophète Ezéchiel promet aux incirconcis « la tombe, l'abîme, le pays des profondeurs » (32, 18) tandis que les gens d'Israël verront leurs ossements desséchés se recouvrir de peau et Dieu les ramènera sur le sol d'Israël (37, 12), terre bénie pour une vie heureuse. Cette foi a pu être influencée par la croyance iranienne (zoroastrienne) en l'immortalité de l'âme et en la résurrection des corps à la fin des temps actuels.

Après les guerres des Maccabées (vers 160 avant J.-C.), la résurrection devient la récompense des martyrs : au bourreau de culture grecque qui le torture sous les yeux de sa mère, l'un des sept frères Maccabées déclare : « Scélérat, tu nous exclus de la vie présente mais le roi du monde, parce que nous serons morts pour ses lois, nous ressuscitera pour une vie éternelle » (2 Maccabées 7, 9).

Au temps de Jésus, de nombreux juifs, comme les Sadducéens, ne croient toujours pas en une deuxième vie : « Les Sadducéens disent qu'il n'y a pas de résurrection » (Matthieu 22, 23). Mais les pharisiens y croient et Jésus, avant de ressusciter le troisième jour, promet le paradis au « bon larron » sur la croix (Luc 23, 43).

Dès lors, se développe une concurrence entre le paradis, lieu de bonheur provisoire pour les âmes des justes, et la résurrection de la chair, état définitif des bienheureux après la fin du monde et le Jugement dernier. Tant que celui-ci était perçu comme imminent, la distinction était secondaire. Mais à mesure que l'apocalypse se faisait attendre, le paradis prenait une importance croissante dans la foi populaire et la résurrection des « corps glorieux » (où il n'y aura plus ni femme ni homme) devenait une espérance lointaine pour les vivants et les morts, une mystérieuse fin des temps inaugurant l'hypothétique règne du Messie. Car si le Credo proclame : « Je crois en la résurrection de la chair », les croyants ont du mal à imaginer ensemble les cent milliards d'humains engendrés depuis deux mille ans : selon plusieurs sondages, un catholique français sur deux ne croit pas à la résurrection des morts.

Les juifs ont connu le même affaiblissement de la foi en la résurrection. Alors que celle-ci avait rallié la totalité des rabbins, après la destruction du Temple (les malheurs présents accroissent les espérances) et à l'époque talmudique (ve siècle après J.-C.), elle tient aujourd'hui une place plus modeste dans les croyances des fidèles, d'autant que la renaissance de l'Etat d'Israël peut être considérée comme la véritable résurrection juive. Le judaïsme réformé n'enseigne donc plus la doctrine de la résurrection corporelle ni celle de la damnation éternelle (le feu de la Géhenne). Le paradis devint un « non-lieu » (une utopie) et la résurrection une réalité présente pour le mouvement sioniste selon lequel « le judaïsme est l'âme dont Israël est le corps ».

Le Coran enseigne une résurrection plus personnelle où chacun « viendra seul à Lui au jour de la résurrection » (19, 95). Celle-ci est une certitude d'ordre spirituel car « Allah prend les âmes des êtres humains au moment de leur mort » (39, 43) et ils ne peuvent être ramenés à une vie physique sur cette terre. Pour les justes, la résurrection sera un « jardin d'éternité » (19, 61), le paradis des âmes dont la description est très charnelle avec chastes vierges et beaux jeunes gens, bracelets d'or et robes de soie, bananiers et jujubiers. En opérant la synthèse entre paradis et résurrection, le Coran associe lieu idéal et temps parfait dans l'éternelle jeunesse des vertes années. Les croyants y trouveront « de la chair d'oiseaux à satiété et des belles jeunes filles aux yeux grands et beaux » (56, 21 et 22).

Il y aura aussi du miel et donc des abeilles : le paradis musulman accueille les animaux.

Révélation

« Le judaïsme, le christianisme et l'islam sont les trois religions révélées »

C'est la trilogie des idées fausses : les trois religions se référant à Abraham seraient les seules à être révélées, monothéistes* et fondées sur un Livre*. Et si ces trois-là sont révélées, les autres sont inventées. Autant dire que la Révélation, c'est la Vérité. Comme la presse de caniveau promet des révélations sur tout ce que ses confrères nous cachent, la théologie de pacotille annonce l'unique Révélation sur ce que les faux dieux nous masquent.

« Révélation » se dit en grec *apokalupsis*. Elle est le dévoilement d'une énigme, la découverte d'un mystère et, en grec classique, ce terme désignait souvent le fait de découvrir son corps. L'habit ne fait pas le moine : refuser de travestir la vérité et d'enrober les mensonges, c'est le devoir de tout prophète, et Jésus ne fut pas le seul à dénoncer les hypocrites. Le Bouddha fit des « révélations » sur les trafics des brahmanes comme Confucius sur la corruption des ministres.

D'autres religions ont pour objectif de révéler le secret d'une longue vie et d'une bonne santé. C'était le cas du védisme avec sa boisson d'immortalité (le *soma*) et c'est celui du taoïsme avec l'acupuncture ou le taïchi. Les religions furent souvent les médecines des pauvres, opérant la guérison par des simples, ces plantes des jardins de curé, et des jouvences des abbés.

A ces religions révélées aux foules, s'opposent les religions réservées aux initiés. Les premières sont exotériques et les secondes ésotériques. Celles-ci comprennent tous les cultes à mystères de l'Antiquité (d'Orphée, de Mithra, d'Attis, etc.) et les écoles gnostiques du début de l'ère chrétienne, fondées sur une connaissance *(gnôsis)* délivrée à quelques-uns. Paradoxalement, le genre littéraire de la « révélation », celui des apocalypses, s'adressait justement à un petit nombre, souvent à une communauté persécutée, par le biais d'un langage à double sens.

L'Apocalypse de saint Jean, destinée aux victimes chrétiennes de la ville aux sept démons (Rome, la ville aux sept collines), ressemblait aux messages codés de Radio-Londres aux résistants et Aragon n'avait pas tort de dater l'un de ses poèmes du 1944 du « quatrième été de notre apocalypse ». Mais le christianisme naissant a tant combattu les cercles gnostiques pour annoncer aux foules un message explicite qu'on peut aussi considérer sa révélation comme « agnostique ».

Ce type de révélation réservée à un petit groupe est très répandu dans les religions extrême-orientales où le gourou indien et le lama tibétain ne délivrent leur savoir qu'à des disciples choisis. Le tantrisme (bouddhiste, hindouiste, voire taoïste) est une initiation à des formes d'harmonie et à des voies de sagesse réservées à certains et déconseillées à d'autres. Comme l'interprétation prématurée du psychanalyste peut mettre en danger l'équilibre psychique du patient, la révélation sauvage du maître pourrait favoriser un délire mystique chez certains auditeurs.

Mais l'idée fausse des trois religions révélées peut trouver une certaine justesse si on l'entend comme une révélation venue du « ciel » s'opposant à une révélation plus intérieure, caractéristique du bouddhisme et du confucianisme. Moïse, Jésus et Mahomet transmettent un message venu d'« en haut », délivré par Dieu sur la montagne du Sinaï, le mont de la Transfiguration ou le mont Moriah. L'échelle de Jacob sert de marchepied, le Calvaire de piédestal et la jument du Prophète de monture à ces révélations en des hauts lieux, à ces prophéties des éminences et à ces sacrifices sur des « lieux élevés » ou autels.

Comparée à ces révélations, l'Illumination (*Bohdi*) du Bouddha à l'ombre d'un arbre semble plus terre à terre : elle est le fruit spirituel d'une posture assise, sagesse ultime d'un prince déchu. Quant à l'enseignement de Confucius, il préconise l'étude et non l'extase, le service des hommes et non celui des dieux et des démons que l'on tient à distance égale. On doit célébrer les dieux « comme s'ils étaient présents », car ils sont peut-être absents et ne peuvent rien nous révéler : « Le Ciel ne parle pas. »

Mais le bouddhisme du Grand Véhicule ressuscita les divinités et le confucianisme éleva des autels pour rendre un culte aux diplômés comme si le savoir était une gnose magique et le livre du Maître un savoir vénérable. De même que la Bible était traditionnellement réputée écrite « sous la dictée de l'Esprit-Saint », le canon bouddhique (la Triple Corbeille) et les classiques confucéens ont fini par acquérir le caractère de vérité absolue, intangible et infaillible.

Toutes les religions issues de l'Inde (notamment l'hindouisme) portent également la trace d'une vérité supérieure, révélée dans les *veda* qui combinent voir et savoir, vision mystique et connaissance supérieure. Si les textes mineurs appartiennent à la simple tradition (*smriti*), les livres fondateurs relèvent de la révélation, littéralement de l'« audition » (*shruti*) d'une voix sacrée perçue par des poètes inspirés (*rishi*). Car il n'y a pas de religion sans Parole, un mot qui nous vient des paraboles de Jésus et fait de la révélation une audition.

Sabbatique (année)

« L'année sabbatique est une année
où les hommes se reposent »

Dans l'antique Israël, c'était une année de repos pour la terre plutôt que pour les hommes. Le sens actuel vient des Etats-Unis où, à partir de la fin du XIXe siècle, les universités accordèrent à leurs professeurs une année de congé tous les sept ans : cette *sabbatical year* leur permettait de mener à bien un projet de recherches en étant déchargés de leur enseignement.

La confusion entre la terre et l'homme repose sur un amalgame entre la semaine et l'année. D'après le livre de la Genèse (2, 2 et 3), Dieu « cesse » l'œuvre de création le septième jour et bénit celui-ci. Cette « cessation » (*shabbat*) laisse entrevoir une influence du calendrier et de la religion de Babylone : les astronomes et astrologues babyloniens inventèrent la semaine et firent de ce septième jour une période néfaste. Les Hébreux leur empruntèrent ce découpage en quatre du mois lunaire et donnèrent une signification inverse à l'interdit : la malédiction devint bénédiction et la période néfaste le jour du Seigneur où l'homme fête par un repos temporaire le Dieu de l'Eternel.

Le sabbat est aussi présenté comme une fête de la libération : « au pays d'Egypte, tu étais esclave et le Seigneur ton Dieu t'a fait sortir de là d'une main forte et le bras étendu ; c'est pourquoi le Seigneur t'a ordonné de pratiquer le jour du sabbat » (Deutéronome 5, 15). Ce congé hebdomadaire avait une dimension sociale (l'esclave et l'immigré en bénéficiaient) et n'exigeait pas, avant l'Exil (VIe siècle avant J.-C.), une cessation complète d'activité : au contraire, on s'y déplaçait beaucoup (2 Rois 4, 23) et on y rendait des visites que nous qualifierions de dominicales.

Au retour de l'Exil, l'observance du sabbat fut renforcée tandis qu'à l'inverse, la nouvelle lune cessait progressivement d'être un jour férié : l'identité juive se séparait des influences babyloniennes. Sous l'occupation romaine, le souci identitaire conduisit à un nouveau renforcement des exigences de repos (Jésus transgresse le sabbat en opérant des guérisons) que l'on s'efforce aujourd'hui de concilier avec les besoins de la vie moderne. Le meilleur exemple en est l'ascenseur du sabbat qui, dans les grands hôtels israéliens, s'arrête automatiquement à chaque étage pour qu'on n'ait pas à appuyer sur un bouton.

On ne sait pas au juste quand ni comment s'opéra le

passage du sabbat hebdomadaire à l'année sabbatique. Selon le Lévitique (25, 4), « la septième année sera un sabbat, une année de repos pour la terre, un sabbat pour le Seigneur. Tu ne sèmeras pas ton champ ». Cette jachère répond sûrement à des motifs agronomiques comme le repos hebdomadaire à un souci de santé. Mais la Bible lui donne aussi une dimension spirituelle : la terre et le peuple se régénèrent et reprennent force.

Au repos de la terre s'ajoute celui de l'argent : « au bout de sept ans, tu feras la remise des dettes » (Deutéronome 15, 1). S'agit-il d'une non-exigibilité temporaire (moratoire) ou d'une extinction définitive (prescription) de la créance ? L'année sabbatique fut-elle un idéal ou une réalité ? Les risques d'abus (emprunter à la veille de l'année sabbatique pour ne pas avoir à rembourser) et de blocage (ne pas prêter de peur de n'être pas remboursé) exigèrent des palliatifs et, au Iᵉʳ siècle avant J.-C., le sage Hillel institua le *prosboul* : ce transfert de la créance à une cour de justice (personne morale) contournait l'année sabbatique qui ne s'appliquait qu'aux personnes physiques. Quand l'évangéliste Matthieu transcrit la prière de Jésus (le *Notre Père*), il s'adresse ainsi à Dieu : « Remets-nous nos dettes comme nous avons remis à ceux qui nous devaient » (6, 12). C'est un « vœu pieux » et non une réalité terrestre puisqu'à cette époque, les dettes ne sont plus remises et l'année sabbatique n'est plus intégralement respectée.

Le lien entre la semaine et l'année, c'est la « semaine d'année ». D'après le Lévitique (25, 8), il faut compter « sept semaines d'années, c'est-à-dire sept fois sept ans ». A la fin de la quarante-neuvième année, au jour du Grand Pardon (*Yom Kippour*), le cor, fait en corne de bélier (*yobel*), annonce l'année « jubilaire ». Cette cinquantième année est un parfait sabbat, un repos complet, une libération totale des hommes (notamment des esclaves). L'existence historique de cette année jubilaire est douteuse tant ses conséquences économiques eussent été désastreuses : il serait d'ailleurs impossible de faire succéder une année jubilaire à une année sabbatique et cette cinquantième année ne pouvait être qu'une quarante-neuvième.

L'année jubilaire est devenue, dans le catholicisme, une année de grâce où le pardon des fautes est accordé par l'intermédiaire des « indulgences » pontificales. L'année 2000 en était une. L'année 2001 fut, dans le judaïsme, une année sabbatique. Les techniques agricoles modernes permettent de réduire la perte des récoltes et, dans les kibboutzim religieux, une part du revenu annuel (agricole ou industriel) est versée à des organismes de bienfaisance.

Saint Paul

« Saint Paul est l'inventeur du christianisme »

Pas plus que saint Augustin n'a inventé le péché originel*, saint Paul n'a inventé le christianisme. Mais pour mieux souligner que Jésus était un juif ayant critiqué sa religion sans en fonder une autre, on en vient à introduire une coupure radicale entre le juif Jésus et le chrétien saint Paul qui était pourtant juif, lui aussi.

Né en Asie Mineure (à Tarse), résidant en Syrie (Damas) et parlant le grec, il était surtout « citoyen d'une ville qui n'est pas sans renom » (Actes 21, 39), euphémisme pour désigner Rome. Que l'on soit citoyen romain dans l'Antiquité ou *American citizen* dans le monde d'aujourd'hui, les conséquences sont les mêmes : quiconque s'en prend à vous encourt des représailles.

On pouvait crucifier le Galiléen Jésus pour avoir renversé quelques sièges de marchands de colombes dans le Temple de Jérusalem (Matthieu 21, 12). Mais fouetter un citoyen romain, justiciable des seuls magistrats de Rome, pouvait entraîner la peine de mort pour un fonctionnaire provincial. Avant d'être condamné par un tribunal romain (selon une tradition invérifiable), saint Paul eut donc tout le loisir de répandre le message subversif du Christ, de déclencher un tremblement de terre en Macédoine (Actes 16, 26), de provoquer une émeute à Ephèse (Actes 19, 23) et des éclats de rire à Athènes (Actes 17, 32).

Alors que le marcheur Jésus n'avait prêché que dans un rayon d'une centaine de kilomètres (environ trois jours de marche), le marin saint Paul voyagea dans tout le bassin méditerranéen avec un sauf-conduit en or : son statut de citoyen. Bénéficiaire du droit romain, un droit à vocation universelle, il propagea le message chrétien, lui aussi universel. La loi juive, indissociable de la religion juive, semblait alors trop étroitement identitaire pour s'appliquer aux chrétiens d'Athènes, de Galatie (cousins des Gaulois) ou de Thessalonique.

Saint Paul n'a pas inventé la religion chrétienne,

mais il a dispensé les convertis de la loi juive. Cette dispense fut une décision communautaire et non personnelle. Elle émana de l'Assemblée de Jérusalem où les apôtres décidèrent « de ne pas accumuler les obstacles devant les païens qui se tournent vers Dieu » (Actes 15, 19) et, notamment, de ne pas exiger la circoncision des non-juifs. Mais Paul, qui avait fait circoncire son adjoint judéo-grec Timothée (Actes 16, 3), n'a pas plus « renié » le judaïsme que les autres membres du collège apostolique.

Certes, saint Paul a dit que les chrétiens ne sont plus « sous la loi (juive) mais sous la grâce (du Christ) » (Romains 6, 14). Ils servent « sous le régime nouveau de l'Esprit (du Christ) et non plus sous le régime périmé de la lettre (de la loi mosaïque) » (Romains 7, 6). Si « la loi (juive) est sainte et le commandement saint, juste et bon » (Romains 7, 12), les païens comme les juifs ont droit aux « vases de miséricorde » (Romains 9, 23) de la grâce du Christ.

Mais la critique paulinienne du judaïsme est très subtile et nuancée : « Si personne ne devient juste en pratiquant la Loi (de Moïse), grâce à la Loi (qui a fait mourir le Christ) j'ai cessé de vivre pour la Loi afin de vivre pour Dieu » (Galates 2, 16). A en croire l'évangile de Jean (8, 44), Jésus était plus radical à l'égard de la « descendance d'Abraham » : « Votre père c'est le diable et vous avez la volonté de réaliser les désirs de votre père. » Certes le Christ déclare qu'il n'est pas « venu abroger la Loi ou les Prophètes » (Matthieu 5, 17). Mais il contredit allègrement cette loi : « Vous avez appris qu'il a été dit : Œil pour œil, dent pour dent. Et moi je vous dis de ne pas résister au méchant » (Matthieu 5, 38). En remplaçant le code pénal (juif) par la non-violence, Jésus se montra plus subversif que saint Paul qui, lui, ne remet pas en cause le droit romain : « Les magistrats ne sont pas à craindre quand on fait le bien » (Romains 13, 3).

Saint Paul n'a pas inventé le christianisme mais il a diffusé le message du Christ dans des milieux non juifs. Il a donc contribué à détacher le christianisme du judaïsme mais, dans cette œuvre aussi périlleuse qu'inévitable en milieu « païen », il a été accompagné par bien d'autres disciples et apôtres, notamment par saint Luc. L'auteur (selon la Tradition) du troisième évangile et des Actes des apôtres dénonce la prière du pharisien juif et approuve celle du publicain ami des Romains (Luc 18, 9-14), affirme que les païens seront admis au Royaume de Dieu (Luc 13, 29), critique un prêtre et un lévite tout en faisant l'éloge du bon Samaritain (Luc 10, 29).

Luc, « notre ami le médecin » (Colossiens 4, 14), proche de saint Paul à en croire la Tradition, a autant aimé les « païens » que l'apôtre des « gentils ». Le drame du christianisme, c'est qu'à force de voir des gentils dans les païens, il a pris les juifs pour des méchants.

Sectes

« Il faut bien distinguer les sectes des religions »

C'est moins une idée fausse qu'un vœu pieux : il est impossible de distinguer clairement les sectes des religions.

Car il n'y a pas de définition précise de la secte. Le mot a lui-même une origine complexe. Il est issu du verbe latin *sequi* (suivre) mais il a été influencé par le latin *secare* (couper). Entre le sectateur qui suit son chef et le sécateur qui coupe la plante, la différence de son est minime et l'écart de sens réduit. Car suivre aveuglément un chef, c'est aussi se retrancher du monde ; suivre obstinément une ligne de conduite, c'est se couper du bon sens.

Une religion est une secte qui a réussi, un petit groupe devenu grand, une chapelle rebaptisée Eglise. Le Nouveau Testament parle de la secte de Jésus (Actes des apôtres 24, 5 et 14 ; 28, 22) car le Christ avait pris la tête d'une dissidence, très minoritaire dans le judaïsme. Celle-ci était une « hérésie » (*hairèsis*), c'est-à-dire un choix contesté, une doctrine minoritaire.

De même parle-t-on souvent des multiples « sectes » du bouddhisme qui sont plutôt des écoles de pensée, des groupements spirituels, des « véhicules » (*yana*) de progression morale. En ce sens, une religion peut être une somme de « sectes » qui ne sont pas sectaires, sinon pour leurs adversaires.

Quand le christianisme fut en proie aux grandes controverses doctrinales sur la nature du Christ (IVe et Ve siècle), chaque opinion fut tour à tour orthodoxe et hérétique, officielle et sectaire. Dans cette lutte idéologique, les sectes prospérèrent sur l'irrationnel et l'indémontrable. Selon la formule de Voltaire, « il n'y a point de secte en géométrie : on ne dit point un euclidien, un archimédien. Quand la vérité est évidente, il est impossible qu'il s'élève des partis et des factions. Jamais on n'a disputé s'il fait jour à midi » (*Dictionnaire philosophique*).

Mais on a « disputé » pour savoir si le Fils était semblable ou identique au Père. Il y a des sectes en théologie et on parle des « ariens » ou des « pélagiens » qui doutaient de la divinité du Christ avec Arius ou de la nécessité de la grâce avec Pélage. « Toute secte est le ralliement du doute et de l'erreur », ajoutait le philosophe mais toute secte prétend aussi apporter la certitude et la vérité.

Pour distinguer une secte d'une religion, on a essayé le critère du nombre qui ferait d'une secte une religion de poche. Il est vrai que la plupart des sectes ont du mal à prospérer à cause de leur intransigeance et que les grandes religions sont d'anciennes sectes qui ont accepté des compromis. Si une Eglise chrétienne exigeait de ses membres qu'ils suivent à la lettre l'ordre du Christ : « Viens, quitte tout et suis-moi », ce suivisme aveugle serait sectaire.

Or, le suivisme aveugle est aujourd'hui exigé par certains organismes extérieurs aux grandes religions comme par d'autres qui leur sont liés. Les premiers peuvent être plus ou moins rattachés à un courant de pensée bien identifiable (chrétien, bouddhiste, etc.) ou, au contraire, relever d'un syncrétisme inclassable. On peut fonder une secte néo-hindouiste en se réclamant de Krishna ou inaugurer un syncrétisme universel en se présentant comme le « Messie cosmo-planétaire », mais, dans les deux cas, ces créations sont distinctes des grandes religions traditionnelles.

Il n'en est pas de même avec certains mouvements charismatiques traditionalistes apparus au sein du catholicisme ou du protestantisme, souvent avec l'accord de la hiérarchie des Eglises. Des communautés nouvelles appliquent les recettes éprouvées de l'abus de pouvoir et de la manipulation mentale en pervertissant les règles des grands ordres religieux. Comment distinguer sûrement un dominicain sectaire d'un dominicain conciliaire, un noviciat de fanatiques d'un séminaire aux idées ouvertes ? La multitude des congrégations (dans le catholicisme) et des Eglises (dans le protestantisme) favorise les confusions.

Des critères de discernement ont été proposés par une commission d'enquête parlementaire sur les sectes (présidée par Jacques Guyard). D'autres critères ont été définis par Mgr Jean Vernette, secrétaire du service national « Pastorale, sectes et nouvelles croyances » au sein de l'Eglise catholique en France. Le premier organisme s'appuie sur les infractions pénales (troubles à l'ordre public, détournement de fonds, atteinte à l'intégrité physique, etc.). Le second se réfère aux trois concupiscences de la morale catholique : le pouvoir abusif ou l'oppression, le savoir confisqué ou l'endoctrinement, l'avoir détourné ou l'exploitation.

Mais aucun spécialiste sérieux des sectes ne retient comme critère le petit nombre des adeptes (les zoroastriens sont à peine cent mille dans le monde mais sont les ultimes représentants d'une grande religion), ni la nouveauté du mouvement (le caodaïsme vietnamien n'a pas cent ans mais n'est sûrement pas une secte).

Pour compliquer le tout, il ne peut exister, en droit français, aucune définition d'une religion et, donc, d'une secte. En effet, selon l'article 2 de la loi du 9 décembre 1905 concernant la séparation des Eglises et de l'Etat, « la République ne reconnaît aucun culte ».

Et elle ne reconnaissait aucun religieux sous la Révolution. L'article 12 de la Constitution du 5 fructidor an III (22 août 1795) comme l'article 6 du titre 2 de la Constitution du 3 septembre 1791 précisent que la qualité de citoyen se perd par « l'affiliation à une corporation étrangère qui exigerait des vœux religieux ». Entre le vœu et le vote, il fallait choisir et l'obéissance à une règle de vie était alors jugée aliénante, le père abbé ou la mère abbesse apparaissant aussi illégitimes que le gourou d'une secte. La confession la plus répandue au monde, l'Eglise catholique, était alors tenue pour aussi nuisible aux libertés qu'un groupuscule sectaire.

Il est difficile de distinguer une religion d'une secte comme une Eglise d'une chapelle. Ce dernier mot désignait primitivement le manteau (la « cape ») de saint Martin et l'oratoire du Palais-Royal abritant cette relique. Mais des milliers de chapelles ont honoré des milliers de saints de la même Eglise comme d'innombrables sectes vénèrent les multiples visages d'un même Dieu dont elles se prétendent les meilleures dévotes.

Sexualité

« Le bouddhisme n'est pas obsédé par le sexe comme le catholicisme »

De nombreux Occidentaux, marqués dans leur jeunesse par les interdits sexuels du moralisme chrétien, voient dans le bouddhisme une religion moins rigoriste : refusant le dualisme de l'esprit et de la chair, des béatitudes et de la concupiscence, elle conjuguerait la félicité du corps et la sérénité de l'âme.

Pourtant, dans les pays d'Asie de l'Est (comme le Vietnam) où se côtoient catholiques et bouddhistes (et dans les communautés asiatiques d'Europe), on ne peut distinguer les fidèles des deux religions par leur conduite sexuelle : la fréquence du concubinage, de l'adultère et du divorce n'est guère différente. Et tout voyageur en pays bouddhiste remarque un trait de civilisation typiquement catholique : l'importance sociale d'un clergé célibataire. Le bouddhisme, surtout dans le Petit Véhicule et le Véhicule de Diamant, suscite de nombreuses « vocations » monastiques exigeant le respect des vœux de pauvreté et de chasteté (mais pas du vœu d'obéissance, inconnu du bouddhisme où le troisième vœu est celui de la non-nuisance, c'est-à-dire du refus du meurtre d'animaux). Certes, il existe des moines mariés au Japon et au Tibet mais ils demeurent aussi minoritaires dans le bouddhisme que les prêtres mariés des Eglises orientales dans le catholicisme.

La règle du célibat ecclésiastique, dans le bouddhisme comme dans le catholicisme, correspond à une peur du sexe et à une crainte des fils : si un moine veut bien obéir à son abbé, en serait-il de même de son héritier ? Les clergés héréditaires avaient laissé un mauvais souvenir dans le brahmanisme (comme dans le judaïsme) où les temples étaient des propriétés privées transmissibles de père en fils avec leurs trésors de richesses et leurs myriades d'acolytes. D'ailleurs, l'école tibétaine des Sakyapa, l'une des rares écoles bouddhistes dont les moines soient mariés, est dirigée par la même famille depuis... neuf cent trente ans.

La règle du célibat correspond aussi à un idéal bouddhique du non-désir qui sert de référence pour tous les laïcs. De même que Jésus a cité « ceux qui se sont rendus eunuques en vue du Royaume » (Matthieu 19, 12), le Bouddha a promu le non-mariage comme voie privilégiée d'extinction de la souffrance (le nirvâna) et de la lignée : s'il est réputé avoir eu un fils (Râhula) d'un mariage de jeunesse, l'entrée au monastère de cet enfant abolit sa dernière chance de se perpétuer et son ultime risque de se survivre.

Comme le Nouveau Testament censure le désir (*érôs*) auquel succède la charité (*agapè*), les Ecritures bouddhiques condamnent le désir (*kâma*) que remplace la compassion (*karunâ*). Le désir sexuel est la première victime de cette substitution qui transforme l'appétit pour le corps en bienveillance pour autrui. Cette mutation (source de nombreuses œuvres charitables) eut parfois, dans le bouddhisme, un caractère obsessionnel : selon des sources mahayanistes, le schisme entre Petit et Grand Véhicule eut pour origine la condamnation, au concile de Pâtaliputra (vers 245 avant J.-C.), de la pollution nocturne des moines : pour la Doctrine des Anciens (Theravâda), un désir, même involontaire, était condamnable.

La doctrine réformée du Grand Véhicule refuse ce rigorisme et le Mahâyanâ a généralement fait preuve d'une morale sexuelle relativement libérale. Si le zen fut originellement réservé à l'égard de la sexualité et de ses fruits (l'univers minéral des jardins zen témoigne d'une « sécheresse » du cœur contraire à la fertilité de la nature humide), la pratique mahayaniste s'est souvent accommodée d'une sexualité consommée et non sublimée. Et si les relations féminines demeurent, pour les moines, une cause d'exclusion des monastères (elles posent le problème des enfants), les relations masculines ont parfois été tolérées : au Japon, une « voie des éphèbes » (*shûdô*), où les moines initiaient les novices, présentait des analogies avec la pédérastie grecque.

Toutefois, le Dalaï-Lama a condamné l'homosexualité, la masturbation, la fellation, car « les organes sexuels ont été créés pour la reproduction et tout ce qui en dévie n'est pas acceptable d'un point de vue bouddhiste ». Mais le Dalaï-Lama admet la pilule et le préservatif.

La perception, par les Occidentaux, du bouddhisme comme une religion moins obsédée par le sexe que le catholicisme s'appuie sur une double différence entre les deux religions. D'abord le bouddhisme ignore la confession des laïcs (dans le Petit Véhicule, seuls les moines se « confessent » deux fois par mois) : l'absence d'aveu des fautes évite au fidèle de révéler ses manquements à la morale sexuelle. Ensuite le bouddhisme ne sacralise pas le mariage et, donc, ne condamne pas les divorcés remariés. Dans un monde occidental où progressent l'union libre et les familles recomposées, le bouddhisme est une religion d'accueil pour les nouvelles formes d'amour. Notons toutefois que l'argument du mariage sacré, comme celui de la confession, ne vaut pas pour les protestants dont certains sont aussi attirés par le bouddhisme et rebutés par le puritanisme de leurs Eglises. Il est alors à noter que l'attirance pour le bouddhisme se double d'un intérêt pour le tantrisme*, doctrine et pratique érotique et mystique non spécifiquement bouddhique.

Soumission

« Islam veut dire soumission »

C'est une idée juste ou fausse selon la valeur positive ou négative que l'on accorde à la notion de soumission. Si se soumettre c'est être en paix avec plus fort que soi, c'est une idée juste. Mais il faudrait alors ajouter : « Islam veut dire paix. » L'histoire de l'islam est celle d'une longue dialectique entre révolte et soumission, guerre sainte et paix de Dieu.

Islam, musulman, Salomon et Jérusalem dérivent d'une même racine *s-l-m*, vocalisée *shalom* en hébreu et *salam* ou *islam* en arabe. Représentée dans la plupart des langues sémitiques comme l'araméen, le phénicien ou le nabatéen, cette racine couvre un champ sémantique très étendu, comprenant bien-être matériel, sécurité affective et plénitude spirituelle.

Comme dans le français « salut » ou le latin *vale*

(« porte-toi bien »), *s-l-m* comporte un souhait de santé tranquille excluant misère, angoisse et révolte. Cette idée de bien-être matériel et de bon état corporel a une dimension morale et spirituelle. Elle implique d'être intact, indemne, intègre. Cette plénitude multiforme est également exprimée dans les langues germaniques, par une seule racine indo-européenne (*sal*), qui a fourni les mots anglais *all* (tout), *whole* (entier), *holy* (saint), *healthy* (en bonne santé). Dans des civilisations anciennes très différentes, germaniques ou sémitiques, on ne séparait pas la santé du salut.

Et le salut de l'un s'étend aux autres. La salutation est un vœu de paix et de bonne santé. Etre sain et sauf devient un souhait collectif, un but religieux, une demande adressée à Dieu, protecteur du corps social. Le pacifique lui est soumis pour éviter la guerre. Le bien-portant lui est docile pour échapper au mal. « En vérité, quiconque se soumet complètement à Allah et fait le bien sera récompensé par son Seigneur. Il ne leur viendra aucune crainte et ils ne se désoleront pas non plus » (Coran 2, 113).

Le Coran nomme donc *islam* cette nouvelle religion qui prêche la soumission à un ordre légal, moral, social et promet des faveurs aux croyants de toute condition. En ce sens, l'islam serait une discipline nationale, une obéissance populaire correspondant assez bien au rôle de superstructure que Marx attribue aux religions : une sorte de police des mœurs réprimant les déviances et de milice de l'ordre prévenant les révoltes. La mosquée de quartier exercerait une police de proximité dont tous les gouvernements cherchent à s'attacher les services et craignent de perdre le soutien.

Mais ce sens coercitif était probablement absent dans

le mot islam au temps de Mahomet : la soumission sociale était plutôt rendue par le substantif *abd* (Abdallah = serviteur d'Allah). L'islam, comme beaucoup de religions, évolua dans un sens répressif et, d'idéal égalitaire, il devint contrainte collective, les exigences de la guerre accélérant cette évolution. La razzia devenant djihad, il fallut, comme dans toute armée, préserver la discipline des troupes et la hiérarchie du commandement. Puis, l'islam engendra des dynasties et fonda des Etats, transformant la soumission à Dieu en sujétion au calife.

L'islam est-il donc une religion fataliste, exigeant une résignation à l'injustice et une abdication de la volonté ? Sur le plan politique, rien n'est moins sûr, l'histoire de l'islamisme comportant de nombreuses révoltes populaires contre des régimes corrompus. Sur le plan théologique, il convient aussi d'être prudent. On appelle souvent fatalisme musulman le *mektoub* qui est une obéissance à l'Ecriture, une docilité à Dieu. Du point de vue des croyants, il s'agit d'emprunter une voie tracée et non de suivre un destin aveugle.

Car si *islam* veut dire *soumission*, toute reconnaissance d'une autorité divine ou religieuse a le même sens, y compris les vœux d'obéissance des moines catholiques. L'idée même d'un dialogue égalitaire entre une créature et son Créateur n'a pas de signification. Quand les chrétiens disent à leur Père des Cieux : « Ne nous soumets pas à la tentation », ils reconnaissent à Dieu le pouvoir de soumettre.

Mais il est encore une question non résolue, celle de la soumission des non-musulmans aux pouvoirs islamiques. Au Moyen Age, les « gens du Livre » (juifs et chrétiens) étaient des *dhimmis* (protégés), exemptés de certaines tâches (le service militaire) mais soumis à des devoirs spécifiques (un impôt supplémentaire). Ce régime était alors plus favorable que celui des juifs et des musulmans en terre chrétienne, objets de fréquentes persécutions. Aujourd'hui, le rapport est inversé : les pays à majorité chrétienne sont devenus plus tolérants à l'égard des musulmans et certains pays musulmans ont rendu plus difficile la condition des « gens du Livre ». Ceux-ci n'ont parfois d'autre solution que de se soumettre ou de se démettre, c'est-à-dire d'émigrer. C'est alors que le mot *islam* devient synonyme de *soumission*.

Syncrétisme

« Le syncrétisme est une perversion des religions »

Le syncrétisme a mauvaise presse dans les milieux scientifiques et religieux, pour une fois réunis. Les premiers l'accusent d'être confus : la science sépare, classe et « scie » les connaissances avant de les recombiner alors que le syncrétisme amalgame des savoirs et des croyances incompatibles. Les seconds lui reprochent d'être impie : la religion unit, relie des hommes professant une même foi et confessant le même Dieu alors que le syncrétisme fusionne des doctrines inconciliables, mélange hérésie et orthodoxie. Au syncrétisme, le savant préfère le comparatisme et la religion l'œcuménisme.

Le syncrétisme a toujours eu un accueil négatif. Au sens premier, il était une alliance défensive, une « union de Crétois » (*sunkrêtismos*) contre un ennemi commun, souvent venu des côtes d'Asie Mineure : pour faire face à un tiers hostile, les cités rivales devaient taire leurs différences et agir de concert. Sitôt la paix retrouvée, la concurrence sauvage entre Cnossos, Phaïstos et Mallia reprenait de plus belle.

Ces Crétois avaient déjà fait leur la future devise des Belges (« L'union fait la force ») et des Malais (*Unity is strength*). Mais ils avaient une mauvaise réputation chez les Grecs du continent : agir comme un Crétois (*krètizein*) signifiait être fourbe, se comporter en imposteur. La métaphore crétoise n'était donc pas porteuse de franchise ou de clarté. Une fausse étymologie (*sugkerannumi* = mélanger) ne fit que confirmer cette ascendance malheureuse et le syncrétisme n'eut jamais la faveur des philosophes, encore moins des théologiens.

Le syncrétisme devint synonyme de confusion enfantine et d'ignorance populaire qui, selon Renan, sont les embryons de la pensée, laquelle doit passer par les phases distinctes d'analyse et de synthèse. La croyance religieuse serait alors un raccourci intellectuel puisque toutes les religions sont plus ou moins syncrétiques même si leurs propagateurs se gardent bien de le rappeler : le mot « syncrétisme » n'est jamais utilisé par les Pères de l'Eglise et il faudra attendre la Renaissance et la Réforme pour que ce terme soit couramment utilisé dans son sens religieux.

Pourtant, aucune religion n'est mystiquement pure.

Les traditions les plus vénérables sont composites et les croyances les mieux ancrées nomades. Le judaïsme a emprunté la circoncision à l'Egypte, les mythes de la création du monde à la Mésopotamie, les anges et le paradis à l'Iran et le nom même de la synagogue aux Grecs. Quant au Dieu unique d'Israël, s'il est adoré par les juifs, il a pu subir l'influence du dieu unique égyptien Akhénaton et de son homologue zoroastrien Ahura Mazda. L'originalité profonde du judaïsme vient moins d'inventions géniales que d'identité durable : il ne transige pas avec la permanence de ses règles et la transmission de sa Loi.

Le christianisme n'est pas seulement une synthèse d'histoire juive (l'Ancien Testament) et de philosophie grecque (l'amour platonique et l'ascèse stoïcienne). C'est aussi un syncrétisme du judaïsme « tardif » (la résurrection de la chair) et de la religion grecque ou romaine (le culte marial emprunte beaucoup à la vénération des chastes déesses Athéna ou Diane). Le dieu des juifs crée mais n'engendre pas, les dieux grecs et romains engendrent mais ne créent pas, le dieu des chrétiens crée (le monde) et engendre (un fils).

L'islam est un syncrétisme du judaïsme (par la filiation d'Abraham et la foi monothéiste) et du christianisme (par l'hommage au prophète Jésus et à la virginité de Marie) dont il radicalise la tendance monophysite (Jésus est pleinement homme de Dieu mais nullement Dieu). Mais comme le syncrétisme chrétien était porteur d'innovation (le sacrifice du Christ sauve l'humanité), le syncrétisme musulman a son originalité (Mahomet est le dernier des prophètes, toute révélation ultérieure est une imposture).

Le bouddhisme est un syncrétisme des croyances du

védisme tardif (la spirale des existences successives ou *samsâra*) et du doute des agnostiques indiens (l'âme ou *âtman* n'a pas d'existence certaine). Il s'amalgame aux cultes animistes d'Indochine, voire au taoïsme chinois ou au shintoïsme japonais, pour donner les mélanges les plus divers. Le sommet de l'hétéroclite est atteint par le caodaïsme qui vénère Bouddha, Mahomet, Jésus-Christ, Lao-tseu, Confucius, Moïse, Victor Hugo, Jeanne d'Arc et l'astronome Camille Flammarion, c'est-à-dire les représentants de toutes les philosophies ou théologies occidentales et orientales qui ont influencé le Vietnam colonisé par la Chine puis par la France.

La mondialisation des échanges, le brassage des croyances et le métissage des populations ne peuvent que renforcer le syncrétisme, illustré par les cultes afro-américains (vaudou haïtien, macumba brésilien, etc.) ou par la spiritualité du New Age. A leur tour, les combinaisons doctrinales engendrent une réaction identitaire qui refuse la « religion à la carte » ou le « bricolage théologique » et propose un menu fixe aux affamés d'idéal.

Talion

« La loi du talion est la vengeance chez les juifs »

C'est sûrement une peine sévère mais pas forcément

une vengeance privée puisque la punition peut être infligée par un juge et non par la victime ou l'un de ses proches. C'est, dans tous les cas, un châtiment semblable (en latin *talis*) au dommage. Mais ce n'est pas un mode de justice propre aux juifs puisqu'il subsiste dans le droit islamique.

Cette erreur, non dénuée d'antijudaïsme, est due, en partie, à certains religieux qui cherchent à préserver à tout prix l'originalité de la torah juive (ou de la charia musulmane). Ils n'admettent pas que ces normes juridiques puisent largement à un même fonds commun proche-oriental (voir voile islamique*) : de même que le code Napoléon a inspiré le droit civil européen, le code d'Hammourabi (et les autres lois mésopotamiennes) a influencé la législation des pays environnants.

La loi du talion doit donc être appréciée dans son contexte historique et géographique qui en fait une humanisation du droit pénal. En effet, les lois proche-orientales infligeaient déjà la peine du talion : dans le code d'Hammourabi (paragraphe 153), l'épouse qui fait tuer son mari est mise à mort (par empalement). Mais, bien souvent, la peine était très supérieure au dommage. Le même code punit de mort le simple brigandage (paragraphe 22) et même l'augmentation du prix de la bière par une cabaretière (paragraphe 108).

La loi du talion, trois fois mentionnée dans la Bible, apparaît comme un compromis entre une vengeance excessive et un châtiment trop doux : « Tu ne t'attendriras pas : vie pour vie, œil pour œil, dent pour dent, main pour main, pied pour pied » (Deutéronome 19, 21). Mais pour les dommages aux animaux, une compensation pécuniaire évite le talion : « Si un homme frappe à mort un être humain quel qu'il soit, il sera mis à mort, s'il frappe à mort un animal, il remboursera » (Lévitique 24, 17). La formule « un être humain quel qu'il soit » signifie la fin de la distinction entre esclaves, étrangers et hommes libres, distinction qui permettait, au Proche-Orient comme en Inde (dans les lois de Manou), de doser indulgence et sévérité en fonction du statut social de la victime et du criminel.

L'application de la loi du talion est mal connue et controversée. Dans certains cas, notamment pour les délits sexuels, la Bible écarte toute équivalence entre le dommage et la punition au profit d'une extrême sévérité : la zoophilie, la sodomie entre hommes et l'adultère avec une femme mariée sont punis de mort (Lévitique, chapitre 20). Dans d'autres cas, la loi orale atténue la loi écrite : la jurisprudence rabbinique a ainsi admis une compensation financière au lieu d'une punition physique, l'estimation de la blessure prenant en compte le prix de la douleur (*pretium doloris*), la perte de revenu, les frais médicaux, etc. Cette interprétation d'époque talmudique (du IIe siècle avant J.-C. au Ve siècle après J.-C.) a probablement été influencée par d'autres législations (droit romain ou grec), voire par l'enseignement de Jésus.

Celui-ci aurait affirmé : « Vous avez appris qu'il a été dit : Œil pour œil, dent pour dent. Et moi je vous dis de ne pas résister au méchant. Au contraire, si quelqu'un te frappe sur la joue droite, tends-lui aussi l'autre » (Matthieu 5, 38 et 39). Mais il serait simpliste d'opposer la vengeance du talion à la non-violence chrétienne. Car les évangiles ne sont en rien des ouvrages juridiques alors que la Torah juive est, en grande partie, un manuel de droit (civil, pénal, voire commercial). Jésus pouvait ne pas sanctionner les infractions puisqu'il n'était pas chargé du maintien de l'ordre public. Et quand, à partir de l'an 315, les chrétiens parviendront au pouvoir dans l'empire romain, ils se garderont bien d'appliquer cet ordre évangélique qui restera un vœu pieux.

La prédication de Mahomet, comme celle attribuée à Moïse, comportait une dimension politique et juridique. Le Coran semble affirmer un droit de vengeance, s'apparentant à une survivance de la loi du talion : « Quiconque est tué injustement, Nous le remettons au pouvoir du protecteur de la victime. Mais que celui-ci n'abuse pas de sa vengeance » (Sourate 17, 33). Ce verset fut invoqué en cas de meurtre, mais aussi d'apostasie ou d'adultère. La charia est alors parfois plus sévère que le talion même si renier sa foi ou prendre la femme d'un autre peut être considéré, dans la civilisation islamique, comme un désordre légal ou moral équivalent au meurtre.

Telle est l'histoire compliquée de cette loi du talion qui, primitivement indulgente, est devenue impitoyable quand une exégèse littérale consacra la vengeance de la victime et la dureté du juge, alors que notre justice laïque cherche la « rédemption » du coupable et la modération de la peine. Une exégèse mieux éclairée distingue l'histoire biblique du droit moderne et l'on notera qu'en France la suppression de la peine de mort, survivance du talion, a été obtenue par un avocat juif, maître Badinter.

Tantrisme

« Le tantrisme est une forme de bouddhisme »

C'est une appropriation abusive car il y a du tantrisme non bouddhique comme il y a du culte marial non catholique (les icônes orthodoxes de la Vierge). La comparaison avec Marie s'impose car le tantrisme exalte le féminin et son « énergie » (*shakti*) qui est à la source de la puissance divine.

Le tantrisme est donc indien et concerne la plupart des religions issues de l'Inde : hindouisme, jaïnisme, bouddhisme, voire, dans une moindre mesure, le soufisme musulman, fortement imprégné de mystique indienne. Le tantrisme se fonde sur un ensemble de textes ou « tissus » (*tantra*) qui traitent de l'énergie féminine possédée par les êtres suprêmes et permettant à ces mâles d'agir. Car dans cette théologie, le féminin est actif et le masculin passif. Le « sexe faible » est la force des dieux.

Le tantrisme ou shaktisme est la substitution d'un couple à une trinité. La vieille religion védique privilégiait trois dieux masculins : Agni, le feu sur terre, Sûrya, le soleil dans le ciel, et Vâyu, le vent dans les airs. L'hindouisme leur substitua Brahmâ, l'Espace-Temps, maître des horizons et de la création, Shiva, le Créateur-Destructeur, et Vishnou, le Conservateur-Réformateur (car les dieux marient les contraires). Le tantrisme remplaça ces « trois formes » (*Trimûrti*) d'un même monde divin par deux pôles d'un même couple divin : chaque dieu a sa déesse associée ou assistante et cette parèdre (Shakti, personnifiée, est la femme de

Shiva) aux multiples aspects symbolise toutes les qualités (et les défauts) d'une épouse.

Avec la révolution tantrique, les dieux de l'univers deviennent ceux de la famille et le cosmos s'invite à la maison. Le christianisme a d'ailleurs subrepticement subi la même évolution. Si la Trinité officielle (celle du concile de Nicée) comprend le Père, le Fils et l'Esprit (trois principes masculins), la religion populaire a remplacé l'Esprit trop abstrait par la Vierge Marie, plus aimante, et l'islam, radicalisant la théologie nestorienne (l'évêque Nestorius refusait à Marie le titre de mère de Dieu), affirme (en la condamnant) que la Trinité chrétienne est composée du Père, du Fils et de la Mère (Marie).

Les religions issues de la tradition d'Abraham ont toujours refusé la divinisation d'un être féminin qui rappellerait le polythéisme antique (voir monothéisme*). Au contraire, le tantrisme a restauré les déesses, ces grandes perdantes de l'âge des métaux et de la victoire des dieux mâles sur les Vénus préhistoriques ou néolithiques. Dans le tantrisme, la revanche du féminin est un retour du refoulé.

Il s'illustre, dans l'hindouisme, par de nombreuses sculptures érotiques dont les plus célèbres sont celles des temples de Khajurâho où abondent les scènes d'amour de couples, de groupes, voire d'humains et d'animaux. Des temples jaïns voisins, quoique plus chastement décorés, montrent que même le jaïnisme, religion aux mœurs très austères, n'avait pas peur du voisinage de cet érotisme sacré qu'est le tantrisme.

Dans sa version réaliste, dite « de la main gauche » (*Vâmâchâra*), c'est-à-dire du côté impur, celui-ci voit, dans le rapport sexuel, l'union de l'âme avec la divinité et l'apprivoisement du mal par le contrôle du désir et la maîtrise de l'orgasme. Dans sa version symbolique, dite « de la main droite » (*Dakshinâchâra*), c'est-à-dire du côté pur, le tantrisme est une dévotion à la Divine Mère, cette Grande Déesse qui engendre un amour platonique, comparable à celui qu'éprouvent certains fidèles du culte marial.

Le bouddhisme primitif ne comportant aucun dieu et encore moins de déesse, le tantrisme n'y avait pas de place. Il réapparut dans le Véhicule de Diamant (Vajrayâna) où abondent les êtres féminins, notamment les célèbres Târâ, émanations d'Avalokiteshvara, le bodhisattva de la miséricorde. Cette école est celle du bouddhisme tibétain que les Occidentaux confondent souvent avec l'ensemble du bouddhisme qui, dans sa grande majorité, ignore tout du tantrisme. Par contre, le taoïsme chinois a des formes de thérapies sexuelles comparables au tantrisme, l'harmonie du *yin* (féminin) et du *yang* (masculin) venant se substituer à l'union de la *yoni* et du *linga*.

Qu'il se réfère à Shiva ou au Bouddha, le tantrisme possède deux caractéristiques méconnues des Occidentaux. D'abord, fondé sur l'union de l'homme et de la femme, il ignore l'homosexualité. Ensuite, exaltant l'harmonie des corps, il néglige les hiérarchies sociales. Le pouvoir égalisateur de la nudité vient de ce que chacun possède les mêmes organes et le tantrisme est l'une des rares écoles de spiritualité indienne à transcender les castes. Il partage d'ailleurs cette vertu avec la secte des lingâyat, les adorateurs du sexe de Shiva.

Temps

« Le temps est cyclique dans la pensée indienne, linéaire dans la pensée judéo-chrétienne »

Faites réagir ensemble deux idées à moitié justes et vous obtiendrez trois quarts d'idée fausse. Pour éviter ces simplifications abusives, il nous faut reformuler ainsi cette affirmation : « Le temps est un cycle ou une spirale dans la pensée indienne, une suite d'avancées et de reculs dans la pensée judéo-chrétienne. »

Le temps dit cyclique (un adjectif grec qui correspond mal aux spéculations indiennes) est connu dans de nombreuses civilisations fondées également sur le temps « linéaire ». Les deux notions peuvent donc coexister comme dans la Grèce antique, patrie de l'orphisme et de son « éternel retour » (de vies successives) mais aussi de l'histoire et de sa progression inexorable. L'histoire ne se répète jamais, dit-on, même si une révolution est, littéralement, un mouvement circulaire comportant une phase de réaction politique et de restauration du passé. De Louis XVI à Louis XVIII, la Révolution française illustre une forme de temps cyclique qui n'a pourtant rien d'indien.

L'observation de la révolution des planètes est à l'origine du temps cyclique en Grèce, en Iran et en Inde sans qu'on sache s'il s'agit d'influences réciproques ou de réflexions autonomes. En Inde, ce cycle est un *yuga* ou *yoga*, un « lien » (entre un temps et un autre). Depuis l'âge d'or primitif, quatre *yuga* se sont succédé, l'homme perdant à chaque changement d'ère un quart de sa vertu. Après l'âge d'argent et de cuivre, nous voici dans l'âge de fer, mauvais, « noir » (*kali yuga*) et il faudra un cataclysme majeur pour qu'on renoue avec les temps heureux et que le cercle vicieux des temps mauvais retrouve sa vertu.

La pensée iranienne connaissait un schéma assez voisin (en quatre ou sept âges) qui influença le judaïsme (notamment la secte des esséniens et le christianisme primitif). Le retour du Messie à la fin des temps (ou du Medhi dans le chiisme iranien) baigne dans cette ambiance apocalyptique qui n'est pas plus spécifiquement indienne que judéo-chrétienne.

En pleine « apocalypse » de la guerre de 1914-1918, le philosophe allemand Oswald Spengler voulut opposer au mythe du progrès le cycle de l'histoire basé sur les quatre saisons, la nôtre étant l'hiver. Cette approche mécaniste des grandes civilisations n'est guère convaincante mais elle a au moins le mérite de montrer que l'Inde, l'Antiquité gréco-romaine, le Proche-Orient sémitique et l'Europe occidentale connaissent des évolutions souvent comparables. Leurs conceptions du temps ne sont ni identiques ni incompatibles.

On dit parfois que l'Inde n'a pas d'histoire parce qu'elle manque de repères chronologiques, en l'absence d'écritures antérieures au IIIe siècle avant J.-C. (contrairement au Proche-Orient sémitique) et d'un royaume unifié (contrairement à la Chine) dont les monarques auraient rythmé la vie du pays par les dates de leur règne (comme les pharaons égyptiens). Mais cette relative indifférence à la chronologie ne signifie pas que l'Inde soit restée étrangère aux évolutions du monde ni que les événements n'y soient une éternelle répétition : il y a un avant et un après Bouddha, une ère bouddhique comme une ère chrétienne.

Le cycle complexe des *yuga* de durée décroissante formant les âges du monde ne doit pas être confondu avec la spirale ascendante ou descendante des réincarnations hindouistes ou des renaissances bouddhiques : la prochaine existence de chaque individu sera meilleure ou moins bonne que la présente, presque jamais identique (sauf si le bon et le mauvais karma s'équilibrent parfaitement). La « ronde » des réincarnations est, comme un « cycle » d'études, le moyen de progresser (ou d'échouer). Et la roue de la loi (*Dharma*) gouverne la morale comme les roues du char (du bon monarque, le *chakravartin*, « celui qui fait tourner la Roue ») commande le pays. Mais la roue ne tourne en rond que pour avancer.

Dans la Bible, l'équivalent de la roue du Dharma c'est le « bras du Seigneur ». Celui-ci étend le bras pour intervenir dans l'histoire d'Israël, en le faisant sortir d'Egypte (Deutéronome 4, 34). Il « déploie la force de son bras » (Luc 1, 51) pour élever les humbles et abaisser les puissants. Cette intervention est brutale et imprévisible : l'Histoire ne s'écrit pas en lignes droites. Elle comporte de nombreux revirements (Loth regarde Sodome derrière lui, le peuple saint redevient idolâtre, etc.). La victoire du péché est un retour en arrière comme celle des pulsions une régression infantile.

L'homme écrit d'ailleurs l'Histoire avec l'émouvante maladresse d'un dessin d'enfant : sa plume tremblante ignore le cercle et la droite. La Bible retrace cette permanente hésitation qui, selon l'Ecclésiaste (chapitre 3), découpe l'Histoire en deux temps : « Il y a un temps pour aimer et un temps pour haïr, un temps de guerre et un temps de paix... » L'inconstance a sa logique, la versatilité sa géométrie. Et cela durera jusqu'à la fin des temps en ce bas monde. Seul le paradis céleste ignore les temps agités. La Bible (et le Coran) en fait une répétition du paradis terrestre, un retour à l'âge d'or primitif, preuve que le temps biblique peut être cyclique.

Tolérance

« Les protestants sont plus tolérants que les catholiques »

C'est une idée datée et située. Datée du mouvement de libération des mœurs et des idées apparu après la Seconde Guerre mondiale. Et située en France, pays où les protestants sont très minoritaires (les personnes baptisées dans une Eglise protestante représentent à peine plus de 1 % des Français) et hostiles à toute forme de répression. Ayant souffert de l'intolérance et des persécutions lors de la révocation de l'édit de Nantes (1685) par Louis XIV, ils ne sont pas loin de considérer qu'il est interdit d'interdire : la première université en grève, en mai 1968, fut d'ailleurs la Faculté protestante de théologie de Paris.

Mais dans l'Irlande du Nord du pasteur Ian Paisley, le protestantisme peut virer au fanatisme anticatholique comme dans la Genève de Calvin à l'intégrisme dogmatique : l'auteur du *Catéchisme* fit brûler vif son adversaire Michel Servet comme l'évêque Cauchon avait condamné Jeanne d'Arc au bûcher.

Le protestantisme possède donc des références de tolérance et d'intolérance. Les premières renvoient à ses origines historiques liées à l'humanisme littéraire (le libre examen de la Bible favorise la conscience critique et limite l'endoctrinement), au libéralisme économique (la Réforme est née dans des villes bourgeoises où la liberté d'entreprendre s'opposait aux monopoles et aux interdits) et au pluralisme politique (la Réforme est contemporaine de la démocratie des petits espaces, illustrée par les villes franches, les cantons suisses et les Républiques des Provinccs-Unies). Ces origines libérales contrastent avec la tradition autoritaire du catholicisme, elle-même liée historiquement au centralisme pontifical, à la défense des monarchies installées et à la préférence pour une économie dirigée.

Mais quand vient le moment de combattre l'intolérance, la confession importe peu. Dans l'Allemagne hitlérienne la proportion de collaborateurs du pouvoir et de résistants était à peu près identique chez les catholiques et les protestants : des évêques luthériens soutenaient le régime pendant que le pasteur Dietrich Bonhoeffer mourait au camp de Flossenbürg et le cardinal-archevêque de Munich ignorait les déportés de Dachau parmi lesquels se trouvait son propre évêque auxiliaire.

Aux Etats-Unis, protestants et catholiques sont en nombre à peu près égal chez les partisans et les adversaires de la peine de mort. La même quasi-égalité se retrouve chez les partisans (*pro choice*) et les adversaires (*pro life*) de la liberté d'interrompre une grossesse. La véritable opposition se situe plutôt, dans ce pays, entre chrétiens de toutes confessions et athées ou agnostiques, généralement situés plus à gauche sur l'échiquier socio-politique.

Le protestantisme français est bien différent. Contre les catholiques monarchistes, il a incarné la république laïque en compagnie des agnostiques anticléricaux : en 1879, dans le gouvernement Waddington, cinq ministres sur onze étaient protestants. Au gouvernement comme au Conseil d'Etat, les protestants (aux côtés des juifs) jouèrent un rôle majeur dans la législation et la jurisprudence relatives aux libertés publiques. De la légalisation du divorce (1884) à celle de la pilule (1967) et de l'interruption de grossesse (1975), les personnalités protestantes (et juives) prirent une part essentielle aux réformes et, notamment, fondèrent le mouvement du planning familial. Ne sacralisant pas le mariage, elles ne diabolisèrent pas le sexe.

Le protestantisme anglais et américain connut une évolution tout autre. Pour s'opposer à la monarchie anglicane et corrompue, Cromwell créa une république aussi puritaine qu'intolérante. Les pèlerins du *Mayflower* exportèrent dans les colonies d'Amérique cette morale exigeante et radicale. *Les Sorcières de Salem* (d'Arthur Miller) et *La Lettre écarlate* (de Nathaniel Hawthorne) ont illustré (voire caricaturé) ce protestantisme socialement charitable et moralement impitoyable où le peuple laborieux condamne la recherche du plaisir. La prohibition de l'alcool et la censure du maccarthysme furent les vendanges tardives de ces pasteurs au col dur et de leurs austères épouses. Le puritanisme et le maccarthysme nous ont aussi légué une expression : la « chasse aux sorcières ».

A l'échelle mondiale, la comparaison entre catholicisme et protestantisme devient de plus en plus difficile tant les deux confessions se sont diversifiées. Sur le plan moral, le catholicisme se montre souvent rigide sur les principes (le célibat des prêtres, les divorcés remariés) et souple sur leur application (l'infraction est tolérée tant qu'elle demeure discrète). Le protestantisme a accompagné la libération sexuelle dans les YMCA (la célèbre chanson du même nom est liée à cette permissivité) et l'a pourchassée dans les sermons des télévangélistes.

Socialement, le catholicisme sud-américain a engendré une théologie de la libération proche du marxisme mais a béni la doctrine de la sécurité nationale des dictatures militaires. Le protestantisme sud-africain a suscité le combat anti-apartheid de Mgr Desmond Tutu, évêque anglican du Cap, mais aussi la défense de l'apartheid par des Eglises réformées afrikaaners. Et les combats politiques ont souvent rapproché catholiques et protestants de même sensibilité : le mouvement œcuménique est né de la lutte pour la paix en Europe (après la Première Guerre mondiale) et a été fortifié par la résistance au nazisme. Taizé est le fruit de cet effort commun.

Doctrinalement, le protestantisme libéral frôle l'incroyance mais le fondamentalisme biblique (notamment celui des nouvelles Églises africaines ou américaines) tombe dans la crédulité. Le catholicisme a intégré Marx avec la lecture matérialiste des évangiles et Freud avec leur lecture psychanalytique. Mais il a favorisé le piétisme traditionnel des foules de Lourdes et la mystique naïve des mouvements charismatiques. Ces grands écarts rendent plus actuel que jamais ce constat de Jésus-Christ : « Je ne suis pas venu apporter la paix sur cette terre, mais plutôt la division » (Luc 13, 51).

Traditions

« Les religions sont des traditions millénaires »

Elles ne le sont pas toujours mais aiment l'affirmer. Si un jouvenceau promet l'éternité, on ne le croit pas. Ceux qui affirment triompher de la mort doivent justifier d'une longue vie et d'un lointain passé. Et les deux se confondent parfois. On dit : « Ça date de Mathusalem » alors que le patriarche biblique est réputé pour son grand âge et non pour son époque reculée.

Les grandes religions sont trimillénaires comme le judaïsme et le shintoïsme, bimillénaires comme le christianisme, le bouddhisme ou l'hindouisme ou seulement millénaires comme l'islam. Mahomet devait être le « dernier des prophètes », clore l'histoire de la Révélation et fermer le guichet des nouvelles religions. Il se trompait et les vocations de prophète n'ont jamais été aussi nombreuses qu'en notre temps désenchanté.

Les religions ne cessent de surgir, surtout dans les époques « troublées ». Les religions naissent et meurent à la différence des langues qui meurent et ne naissent pas. A l'exception élitiste de l'espéranto et du volapük, aucun idiome nouveau ne surgit sur la planète alors que des langues meurent chaque année dans les steppes de l'Asie centrale ou les forêts de Bornéo.

La démographie des religions est plus équilibrée. Dans le village planétaire, leur cimetière n'est pas plus rempli que leurs pouponnières. Du côté des défunts, il y a surtout les cultes de l'Antiquité gréco-romaine ou égyptienne, les religions précolombiennes, de nombreux cultes animistes amérindiens, africains ou océaniens ainsi que les religions celtes, scandinaves et autres croyances de l'Europe préchrétienne. Parfois, comme des volcans mal éteints, certains se réveillent et ressuscitent : la fête d'*Halloween* (veille des saints) était une célébration des morts dans la religion druidique des Celtes.

Du côté des cultes en gestation, la crèche affiche complet. Depuis le début des temps historiques, jamais autant de religions n'étaient apparues en si peu de temps. Cent cinquante millions de personnes pratiquent des religions qui n'existaient pas il y a cent cinquante ans. Et si on ajoute à ces religions contemporaines les nouvelles Eglises chrétiennes, ces fidèles sont au moins quatre cents millions.

Certes, les croyances récentes empruntent beaucoup aux fois éprouvées et les prophètes novices pillent l'œuvre de leurs vénérables devanciers : le livre de Mormon est une réécriture de l'histoire biblique et un « autre Testament de Jésus-Christ ». Mais les mormons, au nombre d'environ dix millions, ne sont ni juifs ni chrétiens et forment bien, depuis 1830, une nouvelle religion. Les cinq millions de bahaïs vénèrent Abraham, Moïse, Zoroastre, Bouddha, Jésus-Christ et Mahomet, mais leur religion, fondée en Iran au milieu du XIXe siècle, ne ressemble à aucune autre.

Tout culte est plus ou moins syncrétiste (voir syncrétisme*) et les derniers apparus le sont davantage : le caodaïsme vietnamien rajoute au panthéon des bahaïs Lao-tseu, Confucius, Victor Hugo, Jeanne d'Arc et l'astronome Camille Flammarion. La mondialisation des échanges entraîne un brassage des croyances : les fruits de la colonisation et de la globalisation sont des hybrides culturels. A la Bourse des valeurs spirituelles, les croyances purement locales ne trouvent plus preneurs et l'héritage le plus disputé demeure celui de Jésus-Christ, le plus universel des messagers.

Fondées en 1906 par des protestants baptistes, les Eglises pentecôtistes (connues sous le nom d'Assemblées de Dieu) compteraient plus de trente millions de membres. Au moins six millions de kimbanguistes adhèrent à l'« Eglise de Jésus-Christ sur Terre par Son Envoyé spécial Simon Kimbangu », Eglise fondée au Zaïre en 1921. De nombreuses Eglises dites évangéliques ou télévangéliques (propagées par la télévision) regroupent des dizaines de millions de fidèles. En un demi-siècle, elles ont bouleversé le paysage religieux de l'Amérique latine, naguère presque exclusivement catholique.

Politiquement conservatrices et théologiquement fondamentalistes, elles entreprennent une réforme de la Réforme alors que les Eglises traditionnelles (luthériennes, anglicanes, calvinistes) sont beaucoup plus novatrices sur le plan social, moral et doctrinal. Des protestants conformistes et des réformés conservateurs animent ce bouleversement spirituel de l'histoire des religions.

De jeunes Eglises aux vieilles doctrines supplantent de vieilles Eglises aux idées neuves. Dans les pays du sud de la planète, ce néoprotestantisme s'oppose au catholicisme. L'Eglise de Rome, fière de ses deux mille ans, doit compter avec ces multiples chapelles bâties à la hâte et groupant des fidèles toujours plus nombreux. Dans des abris de fortune, le Christ des favelas a ses lieux de cultes autonomes, animés par des pasteurs et des laïcs au savoir-faire expéditif et limité mais à l'enthousiasme débordant et communicatif. Certains disparaissent et d'autres surgissent à la vitesse d'une start-up sitôt cotée, sitôt faillie. Telle est la concurrence entre religions millénaires et communions éphémères, la guerre sainte entre Eglises et chapelles.

Vaches sacrées

« Les vaches sacrées aggravent la famine en Inde »

Les vaches sacrées ne sont pas seulement indiennes. Dans l'Egypte antique, on adorait déjà le taureau Apis, symbole de fécondité honoré à Memphis, et la vache Hathor, génitrice des dieux vénérée à Dendérah. Dans de nombreuses sociétés premières, le taureau personnifie la puissance masculine et la vache la mère nourricière. Parmi toutes les espèces animales, les bovidés sont la plus sacrée et, donc, la plus sacrifiée. Aujourd'hui encore, chez les Torajas des îles Célèbes (Indonésie), la richesse d'un défunt se mesure au nombre de bœufs tués pour ses obsèques. Ce sont parfois de véritables « hécatombes », ces sacrifices de cent bœufs déjà pratiqués par les Grecs.

L'Inde a connu aussi des sacrifices de bovidés, tel le *Shûlagava*, offrande d'un veau de deux ans à Rudra, la face terrible du dieu Shiva, le « maître des troupeaux » (*pashupati*). Mais, dans l'Inde antique, le sacrifice le plus noble était celui du cheval, animal symbolisant l'autorité royale et la victoire militaire du conquérant aryen sur les populations locales dépourvues de cette monture rapide. La vache, paisible ruminant, échappa à cette mort prestigieuse et servit même de moyen de paiement pour les brahmanes officiants : ceux-ci recevaient une vache en échange de leurs services et un même mot (*dakshina*), de la même racine que le latin *dextera* et le français *droite*, désigna la main droite (la plus habile, celle par qui se font les transactions) et la vache (l'animal le plus capable d'alimenter le commerce et de nourrir les hommes).

Honoraire rituel, la vache prit donc le chemin des sacristies et non celui des autels. Elle enrichit les brahmanes et devint aussi protégée par les mêmes lois que ses maîtres : il n'y eut pire crime que de tuer une vache ou un prêtre. Le disgracieux bœuf à bosse ou zébu, qui constitue l'essentiel du cheptel indien (et tire les charrues), fut sacralisé et un taureau blanc, Nandin, devint la monture du dieu ithyphallique Shiva, adorée par ses dévots.

La vache est plutôt vénérée en tant que mammifère produisant le lait, le petit-lait et le ghee ou beurre clarifié qui sert de combustible au feu sacré comme la cire du cierge des églises (mais le ghee noircissant les murs des temples, on utilise parfois des combustibles de synthèse). Et puisque, dans la mythologie indienne, le monde est issu du barattage de la mer de lait par l'action antagoniste des dieux et des démons, les produits lactés sont à l'origine de toute vie.

Il n'est pourtant pas sûr que la socialisation de la vache apporte un bénéfice alimentaire : les vaches indiennes ne produisent guère que deux ou trois litres de lait par jour, quinze fois moins que les vaches israéliennes, recordwomen du monde sans pour autant être sacrées. Elles rendent forcément moins en lait que ce qu'elles broutent en herbe et comme il est, en Inde, interdit de consommer leur viande, leur apport protéinique est relativement faible.

Mais il n'est pas pour autant prouvé qu'elles aient été cause de famine. Car les vaches produisent aussi des bouses qui, séchées au soleil, alimentent le feu et, mêlées à de la paille, servent de pisé. Chaque ferme indienne a ainsi son tas de bouse qui tient lieu de stère de bois et ralentit le déboisement, plaie ancestrale de l'Inde surpeuplée. Sans ces déjections, il n'y aurait plus un arbre en ce pays déjà dévasté par l'érosion. Ecocarburant et engrais naturel, la bouse est un motif rationnel de la sacralisation de la vache.

Reste le dernier usage bienfaisant de la vache : son urine, très utilisée par la médecine ayurvédique pour ses nombreuses vertus prouvées ou supposées, notamment les propriétés vasoconstrictrices de l'urée, bien connues également de la médecine occidentale. Mais la miction humaine produit la même pharmacopée et Moraji Desai, Premier ministre de l'Inde (1977) et brahmane rigoriste, buvait quotidiennement un verre de sa propre urine, élixir identique à celui des vénérables quadrupèdes.

La sacralisation des bovidés n'est pas générale et la consommation de viande de buffle est largement tolérée. Quant aux intouchables et hors-castes, n'étant soumis à aucune loi religieuse, l'interdit de la vache ne les concerne pas : les « mangeurs de bœuf », absolument impurs, peuvent absorber ce qu'ils veulent mais, en contrepartie, ne partagent rien avec les brahmanes, même pas l'eau d'un puits.

On mesure l'hypocrisie du système des castes* : il est impur de travailler le cuir mais pas forcément de le porter. Le cordonnier est donc paria mais le port de chaussures de cuir est admis, surtout dans les régions touchées par l'influence musulmane. Et si l'on comprend que les jaïns, refusant tout meurtre d'animaux, ne possèdent pas d'objets en cuir, il est curieux de voir ceux-ci prohibés dans les temples du sikhisme, religion qui ne sacralise pas les vaches et ne pratique pas la non-violence, ses adeptes portant un poignard au côté.

Les vaches sacrées peuvent ruminer arguments économiques et théologiques. A défaut d'affamer l'Inde, elles occupent ses rues et ont sans doute inspiré Gandhi dans ses célèbres sit-in où les manifestants se couchaient à terre devant la police anglaise. Les paisibles ruminants ont bien servi la cause indienne.

Végétariens

« Les hindous sont végétariens »

C'est une double demi-erreur : les hindous ne sont pas tous végétariens, et des Indiens non hindous sont végétariens.

Le régime végétarien était, semble-t-il, ignoré dans l'Inde védique, le védisme étant la religion antérieure à l'hindouisme. Il aurait fait son apparition vers le VIe siècle avant J.-C. avec le principe de non-nuisance (*ahimsâ*), ou refus de tuer.

Ce principe a été adopté partiellement par le bouddhisme et radicalement par le jaïnisme. Si les moines bouddhistes n'ont pas le droit de tuer des animaux, il ne leur est généralement pas interdit de manger de la viande ou du poisson à condition qu'ils n'aient pas participé à la mise à mort de l'animal : le Bouddha historique serait d'ailleurs décédé après avoir mangé un plat de porc.

Toutefois, les moines bouddhistes (comme les moines chrétiens) consomment habituellement peu de produits carnés (réputés engendrer des désirs violents et gêner la méditation) et ceux-ci leur sont déconseillés par des textes (le Lankâvatâra Sûtra) ou des écoles (le zen), et certains pieux laïcs se conforment à ces mises en garde.

Des restrictions alimentaires beaucoup plus strictes sont exigées pour les ascètes du jaïnisme, religion sœur du bouddhisme, cantonnée à l'Inde. Le refus d'avaler même un moucheron peut aller jusqu'à porter un masque devant la bouche, à filtrer l'eau des puits ou à ne pas manger des produits poussant sous la terre (ils peuvent contenir des insectes). Même l'usage de la charrue est déconseillé (elle tue des vers). Le régime préconisé est végétalien (toutes les substances d'origine animale comme le lait et le beurre sont proscrites) et pas seulement végétarien.

Et comme le végétal est lui-même un être vivant, il ne faut pas piétiner les salades. Le peu que l'on absorbe (en dehors des périodes de jeûne) n'est qu'une concession à la nécessité de vivre pour... cesser d'exister, une fois le *moksha* (délivrance de la spirale des réincarnations) obtenu. En pratique, cet ascétisme alimentaire est assoupli pour les laïques mais la non-consommation de viande ou de poisson demeure prescrite.

Pour les hindous, les lois de Manou (livre cinquième), texte datant du début de l'ère chrétienne, contiennent des dispositions parfois contradictoires. Si les membres des basses castes peuvent manger ce qu'ils veulent, ceux des trois premières castes (brahmane, *kshatriya* et *vaishya*) ne doivent absorber qu'une viande offerte en sacrifice aux dieux et sanctifiée par des prières. En cas d'infraction, le coupable sera dévoré dans un autre monde par les animaux illicitement consommés.

En revanche, il peut être obligatoire de manger la chair des animaux sacrifiés. Et, en conclusion, il est conseillé de s'abstenir de toute espèce de viande... même de celle qui est permise. Les sacrifices animaux étant aujourd'hui beaucoup plus rares qu'au temps des lois de Manou, le végétarisme s'impose donc aux hindous des castes « pures ».

En pratique, de cent à cent cinquante millions d'Indiens (sur une population d'un milliard d'habitants) sont végétariens et la grande majorité sont hindous. L'interdiction de manger du bœuf (voir vaches sacrées*) s'applique aux huit cents millions d'hindous. Mais le poulet et le mouton demeurent largement consommés dans le pays et constituent des viandes « œcuméniques » puisqu'elles sont aussi autorisées par l'islam.

Cependant, la diversité religieuse du sous-continent indien ne facilite pas les repas en commun. Il y a un siècle, on disait que l'Inde n'avait pas de restaurants tant il était difficile de déjeuner hors de chez soi. La sacralisation de règles diététiques contradictoires engendrait un manque de convivialité. Pour les Latins, être convives, c'était à la fois vivre avec quelqu'un et prendre ses repas ensemble. Mais on ne peut manger avec tout le monde si on ne mange pas de tout.

Or, pour un hindou (comme pour un juif) traditionnel, de la cuisson à la vaisselle, toutes les phases du repas risquent d'être en contradiction avec une règle religieuse. Et quand (à la différence du judaïsme) les règles ne sont pas les mêmes pour tous les fidèles d'une même religion, les dangers de pollution deviennent extrêmes. Naguère, un brahmane orthodoxe ne voyageait pas sans son cuisinier et les voyages à l'étranger (où les règles de pureté rituelle sont difficilement applicables) étaient déconseillés aux membres des castes élevées : on les reprocha à Gandhi, un *vaishya* (producteur) en voie de « brahmanisation » et donc en quête d'une vie plus « pure ». Aujourd'hui, les restaurants se multiplient mais les plus recherchés sont souvent tenus par des brahmanes dont les principes d'hygiène sont appréciés.

L'occidentalisation de la société indienne perturbe cet ordre ancestral. Les Indiens oublient vite certaines prescriptions religieuses et sur les vols entre l'Inde et l'Europe, ils prennent souvent des menus avec viande. Les repas végétariens non consommés sont alors servis aux voyageurs occidentaux qui comprennent enfin que les hindous ne sont pas tous végétariens.

XXIe siècle

« Le XXIe siècle sera religieux ou ne sera pas »

Cette phrase a été attribuée à André Malraux qui ne l'a jamais prononcée. Elle a une variante tout aussi apocryphe : « Le XXIe siècle sera spirituel ou ne sera pas. » Prêter à un homme célèbre des propos imaginaires, c'est donner sa caution à des angoisses très réelles, en l'occurrence la peur d'un monde qui s'arrête, d'un siècle qui s'achève dans le doute des âmes et l'orgueil de la science là où la foi des anciens jours transmettait de génération en génération la confiance en l'avenir. Et pour conjurer l'apocalypse, on fait appel à un agnostique : à l'auteur de *L'Espoir* de nous rendre l'espérance.

Si le contraire de la religion c'est la négligence, l'insouciance, l'indifférence, il est certes nécessaire de mieux soigner notre planète. Les catastrophes écologiques, dont on n'avait guère conscience du temps de Malraux, sont bien présentes avec le changement climatique, les épidémies et épizooties qu'on met parfois sur le compte d'une colère divine (« la nature se venge »), d'un châtiment céleste (« le sida est la punition de Dieu »), de forces aveugles (les tempêtes de décembre 1999) ou de cataclysmes démoniaques (les inondations renvoient aux nombreux mythes du Déluge). Derrière les éléments déchaînés, on voit les puissances du Mal.

Aux religions de l'Histoire, il incombe d'être celles de la géographie. Le dieu de la Bible qui a bataillé contre les Egyptiens, les Cananéens, les Philistins, les Assyriens, les Babyloniens, les Grecs et les Romains doit désormais livrer combat contre les polluants atmosphériques, les gaz à effets de serre et les armes cruelles de la guerre chimique lancée par l'homme contre la terre. Protéger la veuve et l'orphelin, c'est aujourd'hui préserver la couche d'ozone sans laquelle il n'y aura plus âme qui vive.

Voici 2 500 ans, quand la population du globe était cinquante fois plus faible qu'actuellement, les rédacteurs de la Genèse (1, 28) pouvaient demander aux hommes d'être féconds et prolifiques, de remplir la terre et de la dominer. La genèse du troisième millénaire exige moins d'enfants et plus d'espace, le contrôle des naissances et la protection des forêts vierges. Il faut entourer la planète de soins religieux et les moines en sont convaincus, qui votent fréquemment pour des candidats écologistes.

La question est moins de savoir si le XXIe siècle sera religieux ou non que de prévoir les capacités d'adaptation de croyances millénaires à un monde inédit. Et la futurologie est, par essence, mal adaptée aux religions qui commémorent un passé sacralisé ou mythifié. Au IIe siècle, on aurait pu donner gagnant le culte de Mithra qui séduisit les élites romaines avant de s'effondrer face au christianisme. Au VIIIe siècle, quand les armées musulmanes déferlaient de Poitiers à l'Indus, on n'envisageait pas la « reconquête » des soldats du Christ. Et quand l'athéisme marxiste gagna la Russie, la Chine et l'Indochine, nul n'imaginait la chute des rideaux de fer et de bambou ni la « mort des idéologies ».

Si le XXIe siècle est religieux, il fera peut-être la part belle aux nouvelles religions. Actuellement, cent cinquante millions de fidèles adhèrent à des religions qui n'existaient pas voici cent cinquante ans, telles celles des mormons ou des bahaïs. Et, parmi les grandes religions, le XXe siècle a vu naître de nouveaux courants comme le pentecôtisme protestant ou le néobouddhisme japonais qui concurrencent durement les Eglises traditionnelles.

Ce foisonnement désordonné d'obédiences contradictoires correspond à de nouvelles formes de quête spirituelle qui auraient pu intéresser Malraux, cet agnostique hanté par la transcendance et fasciné par l'art, l'un des deux mécanismes de la sublimation (selon Freud) avec la religion. Malraux se référait d'ailleurs à Freud en écrivant dans *L'Express* (mai 1955) : « Depuis cinquante ans, la psychologie réintègre les démons dans l'homme. Tel est le bilan sérieux de la psychanalyse. Je pense que la tâche du prochain siècle, en face de la plus terrible menace qu'ait connue l'humanité, va être d'y réintégrer les dieux. » Le XXIe siècle aurait donc besoin, face aux pulsions diaboliques du ça, du surmoi angélique de Dieu.

Malraux reprit presque mot pour mot sa prophétie lors de l'inauguration de la Maison de la culture d'Amiens (1966), lieu choisi par la Mission pour l'an 2000 pour un colloque (novembre 1999) sur les religions au XXIe siècle. En cette dernière occasion, les orateurs, évêques, pasteurs, rabbins ou lamas, se gardèrent bien de formuler le moindre pronostic sur la courbe de popularité des êtres célestes dans le monde à venir. Mais, en dépit des progrès de l'agnosticisme, la majorité des hommes et des femmes de la planète n'ont jamais cessé d'adhérer à des croyances ancestrales sinon à des religions officielles. Il n'est donc pas forcément nécessaire de réintégrer les dieux dans le cœur des hommes puisqu'ils ne l'ont jamais quitté.

Voile

« Le Coran a obligé les femmes à porter le voile »

Le voile des femmes n'est pas plus islamique que le béret basque n'est catholique. Mais le Coran a sacralisé une pratique vestimentaire proche-orientale qu'il a répandue dans le monde entier.

Il faut se méfier des rapports entre vêtements et religions : l'habit ne fait pas le moine ni la soutane le curé puisque cette tenue est issue de la toge des magistrats romains. La calotte des évêques rappelle la kippa des juifs et les nouvelles religions sont bien obligées de puiser dans les garde-robes traditionnelles. *Coutume* et *costume* sont deux mots frères qu'on ne peut séparer sans mettre à nu les traditions ni dévoiler leur filiation.

Et celle du voile dit islamique est antérieure de plusieurs millénaires au prophète Mohamed. La première mention de son port obligatoire remonte aux lois assyriennes (tablette A, 40) attribuées au roi Téglat-Phalazar Ier (vers 1000 avant J.-C.). Il s'appliquait aux filles d'hommes libres, à leurs épouses et concubines ainsi qu'aux hiérodules (prostituées sacrées) mariées. Inversement, le voile était interdit aux hiérodules non mariées, aux prostituées non sacrées et aux femmes esclaves. Car les femmes voilées ne devaient pas être touchées alors que les femmes non voilées ne disposaient d'aucune protection de leur corps. De sévères dispositions pénales (coups de bâton, oreilles percées) dissuadaient les récalcitrantes.

La Bible évoque le voile dans le livre de la Genèse (24, 65) et le Cantique des cantiques (4, 1). Comme les lois assyriennes, elle fait d'une tête non voilée un symbole de prostitution : « Découvre tes cheveux, retrousse ta robe, dénude tes cuisses », demande Isaïe (47, 2) à l'infâme Babylone. Et la fiancée ne se dévoile que dans la chambre nuptiale, quitte à ce que le mari soit trompé sur son identité. C'est ainsi qu'après sept ans de cour assidue, Jacob se réveille avec, dans son lit, la tendre Léa au lieu de la belle Rachel (Genèse 29, 26).

On n'a jamais entendu parler de « voile juif » ou de « voile chrétien » même si saint Paul en exige le port pour les prières : « Toute femme qui prie ou prophétise tête nue fait affront à son chef » (1 Corinthiens 11, 5). Là encore, se couvrir la tête relève plus de la tradition que de la religion, sans quoi il faudrait sacraliser les chapeaux de la reine d'Angleterre.

Marie, mère de Jésus, portait sûrement un voile

qu'on n'a jamais dit islamiste. Les vierges de l'Eglise primitive étaient voilées comme les vestales romaines, ces chastes prêtresses de la divinité (Vesta) du foyer : « Une jeune fille sans voile n'est plus vierge », écrivait Tertullien. Les religieuses catholiques et orthodoxes comme les diaconesses protestantes ont perpétué cette tradition, longtemps imitées par les infirmières des hôpitaux.

L'une des significations du voile nous est fournie par le latin qui fait dériver d'une même racine le « nuage » (*nubes*) et le fait de se marier (*nubere*). De même que le nuage voile le soleil, le voile nuptial couvre la demoiselle nubile qui se marie. Le voile des communiantes représente la noce mystique de la jeune catholique à son Seigneur et, dans un étonnant tableau du plus pur classicisme (1896), le jeune Picasso, lui-même âgé de quinze ans, décrit cette première communion priante et voilée.

Voici quelques années, les femmes avaient la tête couverte dans les églises et elles portent encore une mantille lors des audiences pontificales. Dans la langue douala, on a même traduit le mot « religion » par « petit fichu » (*ebassi*) parce que les missionnaires demandaient aux femmes de mettre dans les lieux de culte un foulard qui n'était évidemment pas islamiste.

Quant au Coran, il prescrit aux femmes de « rabattre leur voile sur leur poitrine » (sourate 24, 31) même si ce n'est pas une obligation absolue pour les femmes âgées (24, 60). Cette pratique est, pour elles, le meilleur moyen d'avoir une conduite irréprochable sans être importunées par les hommes (sourate 33, 59). Ce voile a connu, en arabe ou en persan, de nombreux noms et d'innombrables formes, masquant plus ou moins le visage et le corps. Du *hidjab* au *tchador*, ces variantes s'appuient toutes sur un incontestable fondement coranique.

Reste à savoir s'il faut encore imposer une coutume proche-orientale vieille de trois mille ans (au moins) aux musulmanes du monde entier. C'est à elles d'en décider librement. On notera, en Occident, que le voile islamique apparaît quand le voile catholique disparaît : les femmes (et même des religieuses) sont tête nue dans les églises. De même que le Ramadan remplace le Carême dans nos cités, les jeunes filles voilées prennent la place des bonnes sœurs en cornette : la piété, comme la nature, a horreur du vide.

Zarathoustra

« Zarathoustra était l'Antéchrist »

C'est une idée fausse si l'on entend par « antéchrist » un *adversaire de Jésus*. C'est une idée vraie s'il s'agit d'un *précurseur*.

Car il y a, dans ce terme, une confusion entre la préposition grecque *anti* = opposé (Rabelais parle de l'« antichrist ») et la préposition latine *ante* = antérieur. L'adversaire est devant, le précurseur avant. Pour Jésus, l'adversaire est bien connu, c'est le diable qui occupe tout l'espace du mal et ne doit surtout pas empiéter sur celui du bien : « Arrière Satan ! » crie le Christ tenté par le démon (Matthieu 4, 10).

Le précurseur est moins évident. C'est Jean-Baptiste, celui qui prépare le « chemin du Seigneur » (Matthieu 3, 3). Mais c'est aussi, dans la mystique médiévale, un esprit du mal devant apparaître à l'extrémité des temps : le diable, prenant de vitesse Jésus, viendrait détourner la fin du monde, séduire les chrétiens avant la rédemption, vider le paradis de ses postulants, priver l'homme de la Résurrection. L'adversaire passe juste avant l'heure du bilan, quand le profit est maximum, tel un rongeur à l'aube des moissons ou un voleur le jour de la paye.

Le précurseur s'appelle aussi Zarathoustra, prophète iranien dont la vie est mal connue (elle se situerait au VIIe siècle avant J.-C.) et dont le nom grec est Zoroastre. C'est un inspirateur éminent du judaïsme post-exilique et du christianisme : lors de l'Exil à Babylone (586-538 avant J.-C.), les juifs furent influencés par la religion iranienne, déjà connue en Mésopotamie puis propagée par les victoires du roi Cyrus. L'influence est d'ailleurs si subtile qu'il n'est pas toujours facile de savoir qui est le prêteur ou l'emprunteur d'idées ni si l'emprunt est fortuit ou conscient. Cinq siècles plus tard, quand Jésus prêchait, il était à peu près impossible de rendre à Mazda (le dieu de Zoroastre) ce qui était à Mazda et à Yahvé ce qui était à Yahvé.

Le zoroastrisme fut la première religion à opposer systématiquement le Bien et le Mal et elle influença probablement le récit de la Genèse sur le paradis* (un mot d'origine iranienne) terrestre et l'« arbre de la connaissance du Bien et du Mal », dont Eve mange le fruit.

Si le Christ est, comme tout Messie, celui qui doit faire triompher le Bien et la Justice, Zarathoustra fut le premier réformateur religieux à annoncer cette victoire du bonheur sur le malheur (le Bien rend heureux à la fin des temps) et de la Lumière (symbolisée par le dieu Ahura Mazda) sur les Ténèbres. L'office chrétien de la nuit pascale, où toutes les lumières s'éteignent et se rallument, emprunte beaucoup à la symbolique zoroastrienne.

L'Apocalypse finale, thème du judaïsme post-exilique et du christianisme primitif, est déjà présente dans la prédication zoroastrienne comme elle l'était dans la religion germanique (le « crépuscule des dieux ») ou celtique (« Que le ciel nous tombe sur la tête ! » disaient les Gaulois). Toutefois, alors que la parousie (le retour du Messie) juive, chrétienne, voire musulmane (surtout chez les chiites) est unique, la religion iranienne (et indienne) annonce plutôt une succession des mondes à venir, un cycle d'ères à supporter (quand le Mal l'emporte) ou à espérer (quand le Bien triomphe). Et si Zarathoustra est prophète, il ne prétend pas au titre de fils de Dieu fait homme : le zoroastrisme enseigne la Rédemption et non l'Incarnation.

Ces différences ne suffisent pas à transformer en ennemi du Christ le sage Zoroastre. Celui-ci pâtit d'un livre de Nietzsche, aussi beau que faux : *Ainsi parlait Zarathoustra*. Et cet essai fait suite à *L'Antéchrist*, ouvrage relatant une « guerre à mort contre le vice qui est le christianisme ». Dans cette guerre, le vainqueur invoque Zarathoustra, ainsi enrôlé dans une lutte contre Jésus, son cadet d'au moins six siècles.

Pour Nietzsche, « les juifs sont le peuple le plus funeste de l'histoire du monde » (*L'Antéchrist*, 22), l'histoire sainte est « maudite » et le juif Jésus est un Galiléen défiguré en rédempteur de l'humanité. « Les races vigoureuses de l'Europe du Nord » (*L'Antéchrist*, 19) auraient dû venir à bout d'un pareil rejeton de la décadence. Cet antijudaïsme de Nietzsche, récupéré et amplifié par le nazisme, rend difficile une appréciation objective et nuancée des rapports entre zoroastrisme et judéo-christianisme, caricaturés par le philosophe allemand.

Zarathoustra est moins un antéchrist qu'un second David, dont les psaumes (*Gâthâs*) promettent aux bonnes âmes un paradis choral, une « maison des chants » (*Garônmana*) faisant de la Vie éternelle une Fête de la musique.

Zen

« Le zen est japonais »

Il ne faut pas confondre le mot et l'idée. « Philosophie » est un mot grec mais il y a des philosophes allemands ou français. « Zen » est un mot japonais mais il y a du zen chinois ou indien. Il y a même des pèlerins zen à Bodhgayâ (Inde) et à Lumbinî (Népal), respectivement villes de l'illumination et de la naissance du Bouddha historique : l'histoire du zen est celle d'un long voyage entre Inde et Japon.

Zen vient du mot *zenna* (ou *zenno*), transcription

japonaise du chinois *chan*, lui-même traduction du sanskrit *dhyâna*. Ces trois termes essaient de définir un état qui englobe méditation, contemplation et concentration. Il s'agit à la fois de se recueillir intérieurement et de se fixer dans une posture. Le procédé est autant photographique que philosophique : on doit focaliser son regard et son esprit, c'est-à-dire concentrer son « objectif » pour éviter les images parasites et diriger sa réflexion pour écarter les pensées floues.

Les contemplatifs chrétiens, ermites du désert ou mystiques des cloîtres, connaissent bien ces méthodes mais ils les utilisent à d'autres fins, notamment à la prière de demande ou d'action de grâce qu'ignore le zen : demander et remercier sont deux démarches plutôt réservées à l'amidisme et passant par l'invocation du Bouddha Amitâbha, très pratiquée en Chine et au Japon. Le zen n'est ni demandeur ni quémandeur (il n'a pas de moines mendiants même si ses monastères sont souvent prospères) et ce refus des attitudes humiliantes et des airs contrits a sans doute beaucoup fait pour son succès dans les classes moyennes en Europe. Au-delà des suppliques et des faveurs, le zen ne connaît ni confiteor ni alléluia.

Par ses techniques de visualisation positive, il se rapprocherait plutôt de la médecine comportementale ou des méthodes de développement personnel. En cela, il retrouve ses origines indiennes : le *dhyâna*, à la fois hindouiste et bouddhiste, est un stade du yoga permettant d'atteindre le *samâdhi* ou union entre le penseur et la pensée, le sujet et l'objet de la méditation. Il s'agit moins de se fixer sur un point unique (ce qui serait obsessionnel) que d'écarter les distractions extérieures ou les divertissements du monde pour se concentrer sur l'essentiel, lequel varie beaucoup d'une civilisation ou d'une personnalité à une autre.

Le dhyâna pénétra en Chine avec le bouddhisme, notamment sous l'influence d'un moine (semi-légendaire), Bodhidharma (« la Loi de l'Illumination »), qui aurait vécu au VIe siècle après J.-C. Il y connut un large succès car le dhyâna ou chan conduit à l'Illumination directe sans le long détour par les innombrables textes sacrés bouddhiques : ce « salut sans les Ecritures » (mais tenant la calligraphie pour un art majeur) explique en partie le succès du zen dans un Occident non familiarisé avec le gigantesque (et parfois indigeste) canon bouddhique.

En Chine, le chan subit l'influence de la pensée taoïste tandis que ses méthodes de concentration servirent à élaborer des arts martiaux comme le kung-fu. De même, introduit au Japon à partir du VIIe siècle, le chan devenu zen fut imprégné par la civilisation japonaise et participa à la création de la cérémonie du thé ou à l'invention des jardins (les fameux jardins zen), ces deux innovations étant liées à une sacralisation de la nature empruntée à la religion shintoïste. Mais pas plus que la spiritualité bénédictine ne se confond avec l'art roman ou le chant grégorien, le zen ne se réduit à une esthétique nationale ou à une architecture spécifique : on peut donc faire zazen dans les gratte-ciel de New York ou les garrigues de Provence.

Et on ne s'en prive pas. Si les statistiques précises font défaut, le zen semble bien, avec le lamaïsme tibétain, la forme de bouddhisme la plus pratiquée par les Occidentaux et, donc, la plus exportable hors d'Asie. Perçu comme japonais, il a bénéficié de cette supposée origine nippone dans la mesure où le Japon, pays le plus développé d'Asie, possédant une économie « occidentale », était le mieux à même de « vendre » à l'Occident l'une de ses spiritualités.

Le dépouillement de l'esthétique zen, contrastant avec l'art surchargé des autres formes de bouddhisme (notamment les multiples statues du bouddhisme tibétain), a contribué à ce succès, les temples zen succédant aux églises de Le Corbusier comme modèles de simplicité. Le rejet de l'art sulpicien dans le catholicisme a préparé la voie au zen qui refuse ce qui détourne le regard et distrait la pensée.

Cette originalité du zen par rapport aux autres écoles se réclamant du Bouddha a même amené de nombreux chrétiens à faire du zen une religion extérieure au bouddhisme dont il n'adopte ni les écrits ni les images. Quant à la question de son identité nationale, on peut dire qu'elle n'a guère de sens. Bouddha était un Indien mais le bouddhisme est universel. Le zen est donc à la fois japonais et mondial.

Table

Du même auteur :

Aux Éditions Albin Michel :

L'Évangile des païens,
2003.
Petit lexique des mots essentiels,
2001.
Jésus et Bouddha,
Coll. « Espaces libres », 1999.
Qu'est-ce qu'une religion ?
Coll. « Espaces libres », 1999.
Le Honteux et le Sacré,
1998.
L'Affaire Oscar Wilde ou du danger de laisser la justice mettre le nez dans nos draps,
1995.
L'École ou de la vanité considérée comme un mode de gouvernement,
1991.

Chez d'autres éditeurs :

Dieu a changé d'adresse : propos d'un pharisien libéré,
Desclée de Brouwer, 2001.
Hymnes au masculin,
Mercure de France, 2000.
Hymnes à la Terre-Mère,
Mercure de France, 2000.
Le Cantique des cantiques,
Mercure de France, 2000.
Une autre histoire des religions,
6 vol., Gallimard Jeunesse, coll. « Découvertes », 2000.

Les Grandes Religions d'aujourd'hui,
Flammarion, coll. « Castor doc », 1998.
Les Religions dans le monde,
Flammarion, coll. « Dominos », 1995.
L'État et le politique,
Flammarion, 1994.
Femmes et religions,
Gallimard Jeunesse, coll. « Découvertes », 1994.

Imprimé en France sur Presse Offset par

BRODARD & TAUPIN

GROUPE CPI

La Flèche (Sarthe).
N° d'imprimeur : 28518 – Dépôt légal Éditeur : 57013-04/2005
Édition 02
LIBRAIRIE GÉNÉRALE FRANÇAISE – 31, rue de Fleurus – 75278 Paris cedex 06.
ISBN : 2 - 253 - 10988 - 6

31/0988/1